Ravensburger Taschenbücher
Band 214

Club der Detektive Band 2

Otto Maier Verlag Ravensburg

Wolfgang Ecke

Der Mann in Schwarz

Mit Zeichnungen von Rolf Rettich

Originalausgabe

Vierte Auflage in den Ravensburger Taschenbüchern

Umschlagentwurf: Rolf Rettich

Gesamtherstellung: Verlag und Druckerei G. J. Manz AG, Dillingen
Printed in Germany 1975
ISBN 3-473-39214-6

Inhalt

Schwierigkeitsgrad der Fälle: * leicht
** mittelschwer
*** schwer

nr. 1 Das verräterische Tagebuch

In der Nacht zum 2. Januar 1970 brachen unbekannte Täter durch eine Kellertür in die Lager- und Verkaufsräume der renommierten Parfürmerie ‚Reichle & Samtegger' in der Münchner Innenstadt ein. Sie entwendeten teure Parfüms und Essenzen im Wert von mehreren tausend Mark.

Die sofort eingeleiteten Nachforschungen verliefen zunächst ergebnislos, da es weder Fingerabdrücke noch sonstige verwertbare Spuren am Tatort gab. Doch bereits wenige Tage später begann sich der Nebel um den Einbruch zu lichten: Eine ältere Frau erschien auf der Polizei und gab zu Protokoll, daß ihr in der fraglichen Nacht vor dem Geschäft von ‚Reichle & Samtegger' ein junges Paar aufgefallen sei. Sie sagte aus:

„Gegen Mitternacht bin ich noch einmal zum Briefkasten gegangen. Auf dem Hinweg sah ich vor dem Geschäft ein junges Paar stehen. Sie schwiegen und rauchten. Als ich nach ungefähr zwanzig Minuten zurückkam, war nur noch das Mädchen zu sehen. Sie stand inmitten von mehreren Koffern."

Soweit ihre Aussage. Sie erwähnte noch, daß sie sich nichts weiter dabei gedacht hätte. Erst als sie von der Geschichte in der Zeitung gelesen habe, sei ihr die Erinnerung an den Vorfall in jener Nacht wieder gekommen.

Das, wie gesagt, war der erste Lichtblick im Fall ‚Reichle & Samtegger'.
Niemand ahnte zu diesem Zeitpunkt, daß er sechs Stunden später so gut wie gelöst sein sollte.
Um 15 Uhr nämlich rief ein Kriminalbeamter aus Landshut an und sagte durch, daß man einen jungen Mann aufgegriffen habe, der in einigen Lokalen versucht hatte, teure Parfüms weit unter dem üblichen Preis an den Mann zu bringen. Von einem Mädchen in seiner Begleitung sei allerdings nichts bekannt.
Drei Stunden nach diesem Telefongespräch befand sich der Festgenommene bereits im zuständigen Kommissariat der Landeshauptstadt.
Nach weiteren zwei Stunden Verhör, es war inzwischen 20 Uhr geworden, gab Thomas Bichel den Kampf auf und unterschrieb sein Geständnis. Nur – von einem Mädchen als Komplicin wisse er nichts. Und dabei blieb er auch.
Inspektor Kramer zuckte mit den Schultern, gab Anweisung, Bichel ins Untersuchungsgefängnis zu bringen und sagte ‚Gute Nacht'.

Am anderen Morgen war der Inspektor früher als üblich im Büro. Bevor sich Kriminalassistent Werder, sein Mitarbeiter, von seiner Überraschung erholt hatte, forderte ihn Kramer auf:
„Kommen Sie, Werder, wir schauen uns mal ein bißchen in Bichels heimatlicher Umgebung um. Ich hab' so das Gefühl, als ob wir dabei erfahren könnten, wer seine Komplicin war."

Thomas Bichel, der in einem Lehrlings- und Gesellenheim wohnte, hatte zwar viele Bekannte, aber wenig Freunde. Trotzdem gelang es den beiden Beamten nach fast dreistündiger Fragerei Name und Adresse eines Mädchens zu erhalten, die angeblich Bichels Freundin war. Ihr Name war Gisela Kampner, und wohnen sollte sie in der Ollendorfer Landstraße 127.

Es war kurz vor Mittag, als Inspektor Kramer und Kriminalassistent Werder an der Tür mit dem Schild KAMPNER klingelten.

Eine Frau im Mantel öffnete: „Bitte, sie wünschen?" fragte sie, und aus ihren Augen sprach eine Mischung von Ablehnung und Argwohn.

Inspektor Kramer wies sich aus: „Wenn Sie Frau Kampner sind, dann hätten wir Sie gern einmal gesprochen."

Die Frau nickte und ließ die beiden Männer ein. „Ich war eine Woche verreist und bin gerade erst zurückgekommen ..." Der Argwohn in ihren Blicken war jetzt ernster Sorge gewichen: „Ist was mit meiner Tochter Gisela?"

Der Inspektor antwortete mit einer Gegenfrage: „Ist sie nicht zu Hause?"

Frau Kampner schüttelte den Kopf. Und sie schüttelte ihn noch mehr, als sie erfuhr, unter welchem Verdacht ihre Tochter stand:

„Ich kenne keinen Thomas Bichel ... und was Sie da sagen, Herr Inspektor ... nein, das kann ich einfach nicht glauben ... Hier, das lag auf dem Tisch!"

Inspektor Kramer nahm ihr den Zettel aus der Hand und las: „Liebe Mutti, ich bin zum Einkaufen gegangen.

In der Thermosflasche ist heißer Kaffee. Wenn du gern wissen willst, was ich in der Woche gemacht habe, kannst du es in meinem neuen Tagebuch nachlesen. Bis später! Gisela"

Der Inspektor gab den Zettel zurück.

„Seit wann führt Ihre Tochter ein Tagebuch?"

Frau Kampner zuckte mit den Schultern, und es sah ein wenig hilflos aus. „Wissen Sie ... eigentlich verstehe ich das gar nicht ... Gisela hat nie ein Tagebuch geführt ... Es ist das erste Mal. Soll ich es holen?"

„Bitte!"

Zwei Minuten später war Frau Kampner mit einem kleinen schwarzen Heft zurück.

„Danke!" sagte der Inspektor, ließ sich auf einen Stuhl fallen und schlug das Heft auf. Dann las er laut vor:

MITTWOCH, 31. Dezember:
Mutti den 1. Tag weg. Ich habe bis mittags gearbeitet, bin anschließend ins Kino (Beatles-Film). Dann zu Elfriede, Silvester gefeiert. Um 1 Uhr nach Hause gegangen.

1. JANUAR:
Feiertag. Bis 11 Uhr geschlafen, dann Suppe gekocht und Brief an Christel geschrieben. Nachmittags die weiße Spitzenbluse gewaschen. Am Abend mit P. zum Tanzen gegangen. War genau Mitternacht zu Hause. Starke Kopfschmerzen.

2. JANUAR:
Noch immer Kopfschmerzen. Streit im Büro wegen

neuer Lohnsteuerkarte. Nach der Arbeit Tante Anna angerufen. Um 21 Uhr ins Bett und gelesen.

3. JANUAR:
Mit Barbara nach Karten für Eisrevue gegangen. Dann spazieren gewesen in Hellabrunn. Ab 6 mit Barbara Fernsehen geguckt.

4. JANUAR:
Zuerst einkaufen gegangen. Erst Bäckerei dann zu Metzger Hufschneider. Anschließend im Kaufhaus Nähseide für Bluse gekauft. Mittags auf Leopoldstraße Bratwurst gegessen. Nachmittags mit Barbara in Diskothek. Um 21 Uhr wieder zu Hause.

5. JANUAR:
Inspektor Kramer warf das Heft auf den Tisch: „Ab 5. Januar kein Eintrag mehr ..."
Frau Kampner sah ihn mit großen Augen an: „Meinen Sie nicht, Herr Inspektor, daß man das alles nachprüfen kann?"
Der Beamte lächelte: „Sicher. Manches wird auch stimmen. Das ändert jedoch nichts an der Tatsache, daß dieses ... dieses Tagebuch eigens für die Polizei angefertigt wurde. Und das, Frau Kampner, war ein unverzeihlicher Fehler."
„Aber wie wollen Sie das beweisen?" rief Frau Kampner mit erstickter Stimme, während ihre Hände hilflos mit einem Stück Papier spielten.
Der Inspektor wies auf das Heft: „Den Beweis hat ihre Tochter selbst geliefert. Sehen Sie sich das Geschriebene

nur genau an. Ich bin sicher, daß Sie dann ebenfalls merken werden, welcher Irrtum Ihrer Gisela unterlaufen ist.“ Und da in diesem Augenblick von draußen der Schlüssel ins Schloß geschoben wurde, fügte er hinzu: „Sie selbst wird sich am meisten über diesen Fehler ärgern ...“

Um welchen folgenschweren Irrtum in dem ‚Tagebuch‘ handelte es sich?

nr. 2 Ein ehrlicher Finder

Missis Penelope Applekeeper verfügte nicht nur über einen ungewöhnlichen Namen; sie verfügte auch über ein stattliches Vermögen, ein großes Haus im Londoner Stadtteil Westend, eine gewaltige Figur, eine noch gewaltigere Stimme und – über ‚Whisky'.

Whisky, vierbeinig und anhänglich, war Penelopes Lebensinhalt, sah man von den diversen Vorsitzen verschiedener Clubs und Vereine ab.

Aber auch Whisky konnte auf etwas Ungewöhnliches hinweisen: nämlich auf ein nicht alltägliches Elternpaar. Sein Vater hieß ‚Jonas of the Field' und war ein lupenreiner Bullterrier, während seine Mutter eine bildschöne Pudeldame aus dem Geschlecht derer von ‚Cheeds and Crowler' war.

Whisky selbst glich einem Mittelding von Sattelschoner und Kaffeewärmer, und sein Stummelschwanz wies verblüffende Ähnlichkeit mit einem Knollenblätterpilz auf.

Dann kam der 24. Oktober. Es war ein Freitag, und Missis Penelope Applekeeper beschloß, ihn für einen Besuch bei ihrem Friseur in der Hakman-Street zu nutzen. Die einzige Schwierigkeit bei diesem Entschluß lag darin, daß sie Whisky mitnehmen mußte. Kathrin, ihr Mädchen, war für zwei Tage verreist.

So nahm sie Whisky also auf den Arm, als sie um 15 Uhr vor ihrem Haus in das Taxi stieg. Whisky, von einer unerklärlichen Abneigung gegen Taxis geplagt, strampelte, zappelte, winselte und bellte, daß der Taxifahrer ernstlich um das Innenleben seines Autos bangte. Und er machte keinen Hehl daraus, daß er heilfroh war, als Missis Applekeeper nach einer halben Stunde Fahrt sein Taxi verließ.

Whisky aber kläffte ihm noch ein paar wütende Beller hinterher.

Aus alter Gewohnheit machte Penelope vor dem Delikatessengeschäft von ‚Ashley' kurz halt, um das übliche Pfund Pralinen zu kaufen, das ihr das lange Warten unter der Trockenhaube versüßen sollte. Aber aus dem schnellen Kauf wurde ein kleines Schwätzchen.

Als Missis Penelope Applekeeper endlich aus dem Laden trat, erstarrte sie. Während sich ihre Augen mit einem entsetzten Blick an der leeren Hundeleine festklammerten, machte sie zwei, drei taumelnde Schritte nach vorn.

Whisky war verschwunden.

Dann brüllte Penelope: „Whisky!!!" Und noch einmal: „Whisky!!!" Mit unvorstellbaren Phonzahlen verließen die Rufe Penelopes Brust, und die Passanten im Umkreis von hundert Metern schrumpften vor Schreck um einiges zusammen.

Nach einer halben Stunde vergeblichen Rufens und Suchens strebte Missis Applekeeper gebrochen aber entschlossen der nächsten Polizeistation zu. „Mein Whisky ist davongelaufen!" rief sie schluchzend dem Bobby zu. Dieser, ein junger Mann mit einer Menge lustiger Sommersprossen, verzog grinsend das Gesicht und erwiderte: „Versuchen Sie es doch mal mit kaltem Tee,

Madam!“ Sein fröhliches Grinsen verging ihm fast augenblicklich.
Penelope hatte ihre Faust mit der Wucht eines kleinen Dampfhammers auf den Tresen fallen lassen. Dazu erklärte sie: „Whisky ist mein Hund!!!“
„Oh, Madame . . .“, stotterte der königliche Beamte erschrocken und verlegen . . . „Ihr Hund . . .!“ Und Penelope erklärte:
„Ich war bei ‚Ashley‘ einkaufen. Whisky hatte ich draußen angebunden . . . Er muß sich losgemacht haben . . . Können Sie ihn suchen lassen?“
Der Polizist schüttelte bedauernd den Kopf: „Tut mir aufrichtig leid, Madam . . . Leider . . . Sie verstehen . . . Wir haben eine Menge anderer Aufgaben . . .“
Als Madame begann, geräuschvoll den Atem einzuziehen, fügte er schnell hinzu: „Aber ich kann Ihnen einen Rat geben, Madame. Versuchen Sie es mit einer Suchmeldung in der Zeitung und setzen Sie eine kleine Belohnung aus. Das bringt meist Erfolg!“
Missis Penelope Applekeeper griff den freundlichen Rat auf und inserierte gleichzeitig in einer Tages- und zwei Abendzeitungen. Und weil sie glaubte, daß eine größere Belohnung mehr Erfolg haben würde, beschloß sie nicht zu sparen.

50 £ Belohnung

Kleiner Hund entlaufen. Mischling,
rauhhaarig, schwarz-weiß, Name: Whisky.
Nachricht des ehrlichen Finders erbeten
an Telefon NW 2244217.

Am nächsten Morgen erschien die erste Ausgabe. Missis Applekeeper suchte, fand – und erschrak gleich zweimal. Unter der Rubrik ‚Entlaufen' wurden nicht weniger als 18 Hunde gesucht. Den zweiten Schrecken verursachte die Feststellung, daß man ihre Telefonnummer verdreht hatte. Statt 217 stand da 721.

Wütend stampfte Missis Penelope zum Telefon und ließ sich mit dem zuständigen Ressortleiter verbinden: „Sie ... Sie ...", schimpfte sie und verschluckte ein paar undamenhafte Bemerkungen zum Thema Unzuverlässigkeit, und der eingeschüchterte Mann am anderen Ende des Drahtes versprach die gleiche Anzeige kostenlos noch einmal zu bringen.

Kaum hatte die wütende Lady den Hörer aufgelegt, als es an der Haustür läutete.

Es war ein Mann so um die dreißig, der einen großen Karton unter dem Arm trug.

„Was wollen Sie?" herrschte ihn Penelope an.

„Ich komme wegen der Anzeige!" Wie auf Kommando ertönte in diesem Augenblick ein klägliches Jaulen aus dem Karton.

Missis Applekeeper riß dem Besucher den Karton aus der Hand, schlug den Deckel herunter und rief ein ums andere Mal „Whisky ... mein Whisky ..." Dabei liefen ihr dicke, runde Tränen über die Wangen.

„Wo haben Sie ihn gefunden, Mister?"

Der ehrliche Finder bemühte sich um einen seriösen Gesichtsausdruck, als er erwiderte: „Gestern, kurz nach drei war es, ich kam gerade aus dem Kino in der Britton-Street. Da kam er plötzlich aus der Hakman-Street angelaufen ... Direkt auf ein Auto zu ... Glücklicherweise ist ja nichts passiert. Ja, und heute las ich dann Ihre Anzeige. Ich hatte ihn mit nach Hause genommen, weil sich niemand um das arme Hündchen kümmerte.“

Penelope, der bei der Schilderung mit dem Auto heiß und kalt geworden war, stieß jetzt einen Seufzer der Erleichterung aus. „Warten Sie, Mister, ich hole nur schnell Ihren Finderlohn!“

Der Mann sah ihr mit einer Mischung von Erwartung und fröhlicher Zufriedenheit nach.

Drei Minuten später erschien Missis Applekeeper wieder. Doch sie schien merkwürdig verändert. Ihr Mienenspiel verhieß nichts Gutes, und bevor der ehrliche Finder darüber irgendwelche Betrachtungen anstellen konnte, hatte ihn Penelope bereits mit einem blitzschnellen Griff an der Jacke gefaßt und zu sich herangezogen.

Dazu dröhnte ihre Stimme: „Sie sind ein ganz gewöhnlicher Gauner! Woher wollten Sie wissen, daß Whisky hier zu Hause ist, he? Aus der Anzeige? Das ist blanker und dummer Schwindel. Dort war nämlich sogar die Telefonnummer falsch! Soll ich Ihnen sagen, wie es war? Sie haben Whisky selbst von der Leine abgemacht und verschleppt. Natürlich nur, um anschließend Finderlohn zu kassieren. Wahrscheinlich sind Sie mir heimlich gefolgt, um herauszufinden, wo ich wohne ...“

Sie schüttelte den Mann mehrere Male heftig hin und her. „Aber das war nicht Ihr einziger Fehler, den Sie gemacht haben, Mister!“

Vergeblich versuchte der Mann sich aus dem eisernen

Griff zu befreien. Penelope holte noch einmal ganz tief Luft: „Finderlohn bekommen Sie! Und zwar den, den Sie verdient haben!“ Es wurde die schlimmste Ohrfeige, die in diesem Jahr in London verteilt wurde.

Missis Penelope Applekeeper sprach noch von einem zweiten Fehler! Welchen meinte sie damit?

nr. 3 Der Mann mit der goldnen Nase

Es ist genau 10 Uhr, als Frau Kranzler aus dem kleinen Einfamilienhaus im Rabenweg tritt.
Mißtrauisch betrachtet sie die dunklen Wolken am Himmel, die sich langsam aber ständig zu einer einzigen finsteren Wand zusammenschließen. „Ach was, ich werd's schon schaffen", spricht sie aufmunternd zu sich selbst und besteigt ihr Fahrrad.
Nach genau zwanzig Minuten ist sie zurück. Und wiederum dreißig Minuten später steht sie händeringend in ihrem Wohnzimmer Inspektor Roller gegenüber. Dem „Mann mit der goldnen Nase", wie er scherzhaft von seinen Kollegen genannt wird.
„Also, Frau Kranzler, Sie sind einkaufen gegangen und haben bei Ihrer Rückkehr bemerkt, daß das Schlafzimmerfenster sperrangelweit offenstand. Und dann entdeckten Sie, daß man aus dem Schlafzimmer eine Kassette mit Geld und Schmuck gestohlen hat. War es so?"
Frau Kranzler nickt, während sie sich bemüht, die Tränen zurückzuhalten. Und sie erschrickt, als ihr der Inspektor mit barscher Stimme seinen Standpunkt klarmacht: „Sie haben dem Dieb ja geradezu Vorschub geleistet. Wie kann man aus dem Haus gehen, ohne vorher alle Fenster fest zu verschließen – zumindest im Erdgeschoß!"

GLASEREI

Frau Kranzler schluchzt.

„Führen Sie mich jetzt bitte in das Schlafzimmer!" verlangt Inspektor Roller ungerührt.

Dort angekommen, faßt er Frau Kranzler am Arm.

„Bleiben Sie hier an der Tür stehen!" Dann hebt der Inspektor die Nase und geht, unaufhörlich schnuppernd, durch den Raum. Hin und her, Schritt für Schritt. Fast fünf Minuten lang dauert diese Prozedur. Dann läßt er sich auf die Knie nieder und untersucht den teppichbelegten Fußboden. Als er sich erhebt, hält er etwas in der Hand. Er baut sich vor Frau Kranzler auf:

„Frau Kranzler, welchen Beruf übt Ihr Mann aus"

„Er ist Oberinspektor beim Gaswerk."

„Hatten Sie innerhalb der letzten Tage irgendwelche Handwerker im Haus?"

Frau Kranzler schüttelt den Kopf und blickt verständnislos auf den Kriminalbeamten, der ihr jetzt erklärt:

„Hier im Raum herrscht ein ganz feiner Kittgeruch. Außerdem habe ich einen kleinen Holzsplitter gefunden, der ebenfalls Kitt aufweist. Der oder die Diebe müssen etwas mit Kitt und Holz zu tun haben!"

„Die Glaserei Moser –" entfährt es der fassungslosen Frau, die den Inspektor fast andächtig betrachtet, „die Glaserei kann man vom Schlafzimmerfenster aus sehen!"

Der Inspektor nickt. „Danke. Ich bin in einer halben Stunde wieder zurück."

Glasermeister Moser reißt Mund und Augen auf, als sich der vermeintliche ‚Kunde' als Kriminalinspektor

ausweist: „Ich muß annehmen, Herr Moser, daß sich unter Ihrem Dach ein Dieb befindet. Aus einem Einfamilienhaus in unmittelbarer Nähe wurde eine Kassette mit Geld entwendet."
Meister Moser windet sich: „Es ist bestimmt ein Irrtum, Herr Inspektor!"
Als Inspektor Roller wenig später die Kassette unter dem Sitz des Lieferwagens entdeckt, stürmt Herr Moser wutschnaubend in die Werkstatt, wo die beiden Gesellen bei der Arbeit sind. Mit vielen lebhaften Gesten erklärt er ihnen die Anwesenheit des Inspektors und fordert sie auf, die Wahrheit zu sagen. Doch die Gesellen schütteln nur den Kopf.
Da tritt der Beamte vor sie hin:
„Zwischen 10 Uhr und 10 Uhr 20 wurde die Kassette gestohlen. Herr Weisel, was taten Sie zu dieser Zeit?"
Der Geselle Karl Weisel schluckt: „Ist ja ein bißchen komisch, aber ich war beim Arzt. Kurz vor halb elf war ich zurück, der Meister kann's bestätigen."
Der Inspektor nickt, und wendet sich dem zweiten Gesellen zu: „Und Sie, Herr Kostmann?"
Walter Kostmann starrt auf den Werkstattboden und kratzt sich dabei heftig am Kopf: „Ich weiß nicht ... ich war hier in der Werkstatt!" Und plötzlich faucht er den Inspektor an: „Ich bin kein Dieb!"
Glasermeister Moser versucht zu beschwichtigen und wendet sich an Inspektor Roller: „Haben Sie denn schon festgestellt, Herr Inspektor, ob Geld und Schmuck vollzählig vorhanden sind? Vielleicht könnten Sie auch anhand der Fingerabdrücke ..."

Der Inspektor winkt freundlich ab. „Danke, danke, Herr Moser, sicher ist noch alles da. Und was die Fingerabdrücke anbetrifft, so können wir uns das sparen. Ich kenne den Dieb bereits!“

Wer war der Dieb nun wirklich?

nr. 4 Die Gedächtnisprobe

Die Firma Crack & Crack galt nicht nur als das vornehmste und teuerste Herren-Ausstattungs-Geschäft von Sydney, sondern auch als traditionsreichstes.
Die Gentlemen, die bei Crack & Crack kauften, gehörten zweifellos zu den Spitzen der Gesellschaft, und wer bei Crack & Crack arbeitete, hatte wohl die höchste Sprosse auf der Leiter des Verkäuferruhms erklommen. Das heißt, bei Crack & Crack war man nicht Verkäufer, dort war man ‚Berater'.
Es versteht sich von selbst, daß auch die Auswahl des Personals ein Ereignis erster Klasse war. Immer, wenn ein neuer Berater eingestellt werden sollte, hielt Mister Christobald Crack sen. seine berühmte Rede, worin von all den Tugenden die Rede war, die einen Crack-&-Crack-Berater auszuzeichnen hatten.
Ganz besonderen Wert legte die Firma auf ein erstklassiges Gedächtnis. Und der Absatz in Cracks sen. berühmter Rede zu diesem Thema lautete: „... ein Berater, Gentlemen, muß kein ‚gutes' Gedächtnis haben, nein, er muß ein ‚sehr gutes' Gedächtnis haben. Es ist wichtiger als ein weißer Hemdkragen, wobei ich sagen muß, daß ein weißer Hemdkragen zu den Selbstverständlichkeiten gehört. Mit einem guten Gedächtnis verwöhnt man den Kunden, der zum zweiten Mal kommt, und man zwingt ihn gleichzeitig zu weiteren Besuchen bei Crack & Crack. Denn jetzt macht er sich einen Sport daraus, festzustellen, ob man vergessen

hat, daß er eine Vorliebe für scheußlich-karierte Krawatten hat. Und er will erfahren, ob Sie noch wissen, daß er hinter dem Ohr eine böse Narbe hat. Deshalb, Gentlemen, erlaube ich mir Ihr Gedächtnis auf die Probe zu stellen ..."

Ja, und diese Worte sprach Christobald Crack sen. auch an jenem regnerischen Freitag im November zu den drei Herren, die vor ihm saßen, und die er gern für die neue Filiale in der Richmond-Street engagieren wollte. Er fuhr fort:

„... Sollten Sie diese Probe bestehen, Gentlemen, dürfen Sie sich zu den Mitarbeitern von Crack & Crack zählen. Ich lese Ihnen jetzt eine kleine Geschichte vor ...

‚Mister Nicholson kleidete sich stets nach der letzten Mode. Manchmal war er dieser auch voraus. So erschien er anläßlich einer Wohltätigkeitsveranstaltung in einem rostroten Frack. Zu einer grauen Sandale trug er grüne Strümpfe und taubengraue Gamaschen. Am auffälligsten jedoch war das kanariengelbe Frackhemd.'"

Mister Crack sen. verbeugte sich kurz und sah die drei Herren durchdringend an. „Gentlemen, jetzt haben Sie es in der Hand ... Sie sehen vor sich Schreibutensilien liegen. Bitte, notieren Sie aus dem Gedächtnis auf, was ich Ihnen soeben über Mister Nicholson berichtete. Es kommt mir nicht auf die wortwörtliche Wiederholung an, sondern nur auf die sachliche Richtigkeit. Bitte, beginnen Sie!"

Mister John Sokke, Mister Clifford Brixon und Mister Benjamin McCoy beugten sich mit gekrauster Stirn über Papier und Stift.

Nach genau zehn Minuten lagen die drei Texte vor Christobald Crack sen. Er lehnte sich zurück und begann genußvoll zu lesen.

Brixon: Stets nach der letzten Mode gekleidet war Mister Nicholson. Manchmal war er ihr auch voraus.

In einer grauen Sandale, grünen Strümpfen und taubengrauen Gamaschen erschien er auf einer Wohltätigkeitsveranstaltung. Außerdem trug er einen rostroten Frack mit einem auffälligen kanariengelben Frackhemd.

McCoy: Mister Nicholson war stets nach der letzten Mode gekleidet. Manchmal war er ihr auch voraus. Zu einer Wohltätigkeitsveranstaltung erschien er im rostroten Frack. Zu grauen Sandalen trug er grüne Strümpfe und taubengraue Gamaschen. Auffällig war das kanariengelbe Frackhemd.

Sokke: Mister Nicholson, stets nach der letzten Mode gekleidet, manchmal dieser auch voraus, erschien zu einer Wohltätigkeitsveranstaltung im rostroten Frack und auffälligem kanariengelben Frackhemd. Zu einer grauen Sandale trug er nicht nur taubengraue Gamaschen, sondern auch grüne Strümpfe.

Mister Crack sen. schob die drei Bogen zusammen und machte ein bekümmertes Gesicht. Dazu meinte er; „Leider, Gentlemen, müssen wir bei unserer Gedächtnisprobe harte Maßstäbe anlegen. Und so tut es mir aufrichtig leid, daß ich mich leider von einem von Ihnen trennen muß ... Aber Sie wissen, das wichtigste für uns ist nicht ein ‚gutes', sondern ein ‚sehr gutes' Gedächtnis.

Welcher der drei Gentlemen hatte die Gedächtnisprobe nicht bestanden?

nr. 5 Lauter Irrtümer

Die Möbelfirma Klang feierte ihr hundertjähriges Bestehen. Grund genug, um allen Arbeitern und Freunden des Hauses ein rauschendes Fest zu geben. Ein Fest, von dem man zwar nicht die nächsten hundert Jahre, aber wenigstens den Rest dieses Jahres reden sollte.
So mietete die Direktion den größten Saal der Stadt und engagierte eine namhafte Tanzkapelle, zwei Sängerinnen, einen Jongleur, einen Zauberkünstler, einen Schnellzeichner und einen Hellseher. Für die ordnende Hand des Programms verpflichtete man einen namhaften Conférencier.
Und es wurde ein unvergeßlicher Abend (so die Hauszeitung).
Nach den glanzvollen Reden, dem noch glanzvolleren Programm und vielen guten Appetithappen trat der Conférencier vor das Mikrophon.
Mit einem strahlenden Lächeln hüstelte er, Aufmerksamkeit heischend, in die Membrane. Und nachdem das letzte Schmatzen verklungen war, begann er:
„Liebe Gäste, liebe Festteilnehmer. Ich darf Ihnen nun einen weiteren Höhepunkt ankündigen. Einen amüsanten, spannenden und gewinnträchtigen Höhepunkt. Wir kommen zum Quiz!! (Beifall) Danke, Danke ... Meine Damen und Herren, standen die letzten hundert Jahre der Firma unter dem Motto ‚Qualitätsmöbel von Klang halten ein Leben lang‘, so steht unser Quiz unter dem Titel: Lauter Irrtümer. Jawohl, meine Da-

men und Herren, Sie haben richtig gehört, es geht tatsächlich um Irrtümer. Bevor ich Sie jedoch damit vertraut mache, habe ich folgendes zur Technik unseres kleinen Ratespiels zu sagen. Zunächst dies: Für die glücklichen Gewinner hat die Direktion fünfzig fantastische Preise gestiftet. (Beifall) Um sie zu gewinnen ist es notwendig, daß Sie herausfinden, wie viele Irrtümer in der kleinen Geschichte enthalten sind, die ich Ihnen sogleich zu Gehör bringen werde. Wie es dann weitergeht, verrate ich Ihnen danach. Ich hoffe auch, in Ihrer aller Sinn gehandelt zu haben, als ich mich bei unserem Quiz für einen kleinen Kriminalbericht entschied. (Beifall)
Hier ist er! Ich empfehle Ihnen allen, genau hinzuhören. Eine kleine Unachtsamkeit könnte Sie um einen großen Preis bringen. Also:
‚Am 31. Juni vergangenen Jahres beschloß das Falschgelddezernat der Kriminalpolizei Berlin, durch eine großangelegte Razzia einer Bande von Fälschern auf die Schliche zu kommen.
Seit Wochen tauchten in der Weltstadt an der Elbe immer häufiger falsche Fünfmarkstücke auf. Gegen 22 Uhr holte die Polizei mit allen verfügbaren Mitteln und Beamten zum entscheidenden Schlag aus.
Hunderte von Personen wurden überprüft. Dutzende der Polizei bekannte Schlupfwinkel durchsucht.
Drei Stunden später, wenige Minuten vor Mitternacht, entdeckten die Beamten das lange gesuchte und außergewöhnlich gut getarnte Schlupfloch der Bande. Im Gewölbe einer ehemaligen Weingroßhandlung hatten die Fälscher ihr Hauptquartier aufgeschlagen.

Außer vier Männern, die sich nicht ausweisen konnten, fielen der Polizei auch die beiden Pressen in die Hände, mit denen die falschen Fünfer gedruckt worden sind.'

Und nun, meine verehrten Damen und Herren, kommt Ihre große Stunde. Ihre Aufgabe besteht darin, herauszukriegen ..."

An dieser Stelle wollen wir uns aus dem Unterhaltungsteil der Betriebsfeier ausblenden. Was wir lediglich noch übernehmen wollen, ist die Fragestellung:

Wie viele und welche Irrtümer enthält die Geschichte?

nr. 6 Zwischenfall an der Grenze

Datum des Geschehens: 2. Dezember 1968.
Ort des Geschehens: Deutsch-österreichischer Zollgrenzposten Blankers*.

Es war kein Betrieb an jenem Abend im Monat Dezember. Drei Fahrzeuge in den letzten vier Stunden, das hatte es noch nie gegeben. Aber die Beamten des Zolls und der Grenzpolizei waren darüber nicht traurig. Seit Stunden fegte ein eisiger Wind durch das Tal und trieb einen unangenehmen Nieselregen vor sich her. Einen Nieselregen, der sich von Fall zu Fall in kleine Schneekristalle verwandelte.

Doch bald sollte es mit der friedlichen Beschaulichkeit und Ruhe vorbei sein.

Zehn Minuten nach 23 Uhr klingelte das Telefon auf dem Schreibtisch des Grenzpolizei-Wachtmeisters Siegele. Was ihm aus der Muschel entgegenklang, ließ ihn von seinem Stuhl hochfahren. Bevor er jedoch selbst noch Fragen stellen konnte, hatte der fremde Anrufer bereits eingehängt.

Siegele versammelte sofort seine Kollegen von Zoll und Grenzpolizei um sich und erklärte ihnen:

„Ich habe soeben einen anonymen Anruf erhalten. Er besagt, daß in Kürze ein bestimmter Wagen einreisen

* Der Name des Grenzortes wurde geändert.

wird. Es handelt sich um einen Fiat mit französischen Kennzeichen. In dem Fahrzeug sollen 10 Kilogramm Rauschgift versteckt sein. Ich glaube, es gibt eine Menge zu tun!"

Zunächst gab es Alarmstufe I. Der Schlagbaum wurde geschlossen und alle Beamten hielten sich bereit.

Langsam vergingen die Minuten.

Alle starrten sie gebannt auf den österreichischen Teil des Tales, durch den sich die Straße in einer ganzen Anzahl von Kurven schlängelte. Dann entdeckten sie ein Lichterpaar ... und kurz darauf noch eines ... kein

Zweifel, es handelte sich um zwei Autos, die sich der Grenze näherten. Für einige Sekunden verschwanden sie an der Stelle, wo der österreichische Schlagbaum nicht einzusehen war. Doch dann tauchte der erste Wagen auf ... Wachtmeister Siegele stieß einen erregten Laut aus ... es war ein schwarzer Fiat ... und als er in das Lichtfeld kam, erkannten sie sofort das französische Kennzeichen.

Während der Fiat sofort zur Seite dirigiert wurde, tauchte auch schon der zweite Wagen auf: ein dunkelgrüner Opel mit Münchner Kennzeichen. Er passierte nach der obligaten Frage nach zu verzollender Ware anstandslos den Schlagbaum ...

In der Garage hatten sich bereits zwei Spezialisten ans Werk gemacht. Der Protest des französischen Ehepaares verklang in der Nacht.

Eine halbe Stunde verging. Noch hatten die Beamten nichts gefunden ... Gegen 0 Uhr 30 passierten in dieser Reihenfolge zwei weitere Fahrzeuge in derselben Richtung die Grenze: Ein holländischer PKW mit Amsterdamer Kennzeichen und ein österreichischer Sportwagen mit Tiroler Nummer. Sie wurden nur kurz befragt und durften passieren.

Gegen 3 Uhr begannen die enttäuschten Beamten leise schimpfend den auseinandergenommenen Fiat wieder zusammenzubauen. Die Untersuchung war negativ verlaufen.

Es gab keinen Zweifel daran, daß ihnen ein böser Streich gespielt worden war. Aber ... war es wirklich nur ein böser Streich?

Nein!

Wieder einmal hatte der Zufall seine Hand im Spiel. Zwölf Kilometer von der Grenze entfernt kam ein Wagen ins Schleudern und prallte gegen einen Baum. Die beiden Insassen wurden in ein Krankenhaus transportiert. Während der Bergung des Fahrzeugs fand man einen Kanister, dessen Inhalt aus einigen Kilo Haschisch bestand.
Die sofort einsetzenden Recherchen der Polizei ergaben, daß der Wagen von jenseits der Grenze gekommen war. Und es stellte sich auch heraus, daß er zu jenen drei Fahrzeugen gehörte, die innerhalb der nächsten 45 Minuten nach dem Fiat die Grenze nach Deutschland überfahren hatten.
Der anonyme Hinweis auf den französischen Kraftwagen sollte die Beamten verwirren und – beschäftigen.

In welchem Wagen aber saßen die Rauschgiftschmuggler?

nr. 7 Wenn ein Dritter mithört

An jenem Freitagmorgen hatte es Frau Blum ganz besonders eilig, mit der Arbeit fertig zu werden. Um 10 Uhr nämlich sollte sie Frau Lutter, ihrer Schneiderin, zum Maßnahmen bereitstehen. So putzte und werkelte sie, als gelte es einen Rekord aufzustellen.

9 Uhr 30 war es geschafft. Zufrieden ließ sie einen prüfenden Blick durch die blitzblanken Räume gleiten.

Sie zog sich den Mantel an, legte die Tasche bereit und ging zum Telefon, um sich eine Taxe zu bestellen ...

Frau Blum hatte die Spitze ihres Zeigefingers schon in der Wählscheibe, als sie stutzte. Deutlich drang ihr aus der Muschel eine Männerstimme entgegen. Verwirrt wollte sie gerade wieder auflegen, als eine zweite Stimme erklang. Auch sie gehörte einem Mann ... und dann wurde Frau Blum blaß und blässer. Krampfhaft hielt sie sich mit der linken Hand am Türpfosten fest, während ihr die Beine zu zittern begannen. Ungeheuerliches hörte sie ...

„... ich bin doch nicht von gestern, Toni. Eine ganze Woche habe ich das Ding ausbaldowert."

„Auch am Sonntag, Spitzer?"

„Klar, auch am Sonntag! Aber da ist es ungünstig. Viel zuviel Betrieb. Der beste Tag ist der Montag!"

„Gut, machen wir es am kommenden Montag. Hast du schon einen genauen Plan, Spitzer?"

„Habe ich! Wir gehen in die letzte! Zum Schluß machen wir uns winzig und warten, bis alle Mücke gemacht haben. Sobald die kleine Blonde, die immer mit dem Eis 'rumrennt, ihren Mantel geholt hat, ist es auch für uns Zeit. Dann sitzt nur noch der Chef an der Kasse und zählt das Klimper-Klimper. Der ist immer der letzte von der ganzen Mannschaft."

„Und wie kommen wir raus?"
„Sobald wir den Chef überzeugt haben, daß wir montags Geld notwendiger brauchen als er, binden wir ihn mit verwandtschaftlicher Gründlich- und Liebenswürdigkeit an seinen Stuhl und verschwinden durch einen Notausgang, hehehehehe."
„Teufel, dann muß der arme Kerl doch die ganze Nacht in seiner engen Kasse sitzen, Spitzer. Ob das gutgeht?"
„Er wird es überleben, Toni. Und am Dienstag findet ihn dann bestimmt seine Putzfrau. Außerdem werden am Dienstagfrüh immer die Bilder in den Schaukästen gewechselt. Also, Toni, alles klar?"
„Alles klar, Spitzer. Wir treffen uns wie immer an der Litfaßsäule!"
Mit bebenden Händen legte Frau Blum ganz vorsichtig den Hörer auf die Gabel und sank Sekunden später in einem Sessel zusammen. Als sie nach fünf Minuten und einem Kognak endlich die Polizei anrief, zitterten ihre Hände noch immer ...
Auch Toni und der Mann mit dem seltsamen Namen ‚Spitzer' zitterten am Montagabend ... allerdings vor Wut!

In welcher Art von Unternehmen wollten die beiden Halunken ihre Tat ausführen?

nr. 8 Das Indiz

Zum dritten Mal innerhalb kurzer Zeit biegt die elegante, dunkelblaue Limousine in den vornehmen Zedernweg ein und fährt fast geräuschlos an der Reihe teurer Villen vorbei. Alle strahlen sie gediegenen Reichtum aus.
Hinter schmiedeeisernen Kunstwerken dehnen sich die gepflegten Vorgärten aus englischen Rasenflächen und kostbaren Ziersträuchern.
Das ist genau das Milieu, in dem Jean Becker, genannt und bekannt in Fachkreisen als ‚Mylord', am liebsten arbeitet.
Es ist kurz vor 23 Uhr.
Nach der vierten Durchfahrt glaubt Jean Becker das günstigste Anwesen gefunden zu haben.
Kein Licht im Haus und eine offene Garagentür.
Nachdem er seinen Wagen eine Straße weiter abgestellt hat, gibt er sich die Ehre eines ungebetenen Besuchs.
Niemand würde in dem eleganten Herrn im dunklen Anzug, Abendmantel, mit weißem Schal und weißen Handschuhen einen gerissenen Einbrecher vermuten.
Doch der Schein trügt. Mylord ist wirklich ein Könner auf seinem Gebiet. Auch wenn er inzwischen den Unterschied vieler europäischer Gefängnisse kennenlernen konnte.
Um 23 Uhr 18 hat er es geschafft und steht, mit vorgebeugtem Kopf lauschend, in der Diele der Villa, die er sich für seinen Raubzug ausgesucht hat.

Es scheint tatsächlich kein Bewohner im Haus zu sein.
Mylord beginnt mit der Arbeit.
Systematisch unter- und durchsucht er die Räumlichkeiten. Zuerst im Erdgeschoß. Seine Gründlichkeit ist verblüffend und seine Routine im Aufspüren von

Fächern, Ablagen und geheimen Türen kaum noch zu übertreffen.
Nach und nach fallen ihm zwei Ketten, Manschettenknöpfe, eine Platinbrosche und in einer Geldbörse mehrere hundert Mark in die Hände. Mehr oder weniger gelangweilt läßt er all diese Dinge in einer Tasche verschwinden. Mylord sucht noch immer nach der großen Beute.
Wenig später gelangt er in einen Raum, bei dem es sich zweifellos um ein Herrenzimmer handelt. Und mit dem sicheren Blick des gewieften Berufseinbrechers hat er auch sofort den kleinen Wandschrank entdeckt, der mit einem Sicherheitsschloß ausgestattet ist. Und da er weiß, daß man Sicherheitsschlösser nur dort anbringt, wo etwas sicher sein soll, macht er sich unverzüglich ans Werk. Sein vornehmer Abendmantel enthält ein ganzes Arsenal feiner und feinster Werkzeuge. Doch je später es wird, um so ungeduldiger wird Mylord. So lange hat ihn noch nie ein Schloß aufgehalten und er spürt, wie ihn eine nicht gelinde Wut auf den Urheber befällt.
Er wischt sich die ersten Schweißtropfen von der Stirn, zieht die Handschuhe aus und legt sie auf einen Stuhl. Wieder und wieder versucht er das Schloß zu knacken. Endlich, Mitternacht ist längst vorüber, hat er Erfolg. Mit einem kaum wahrnehmbaren Knacken springt die Halterung des Schlosses zurück. Jean Becker zieht die Tür auf. Und er stößt einen Ruf der Überraschung aus.
Vor ihm liegen, auf roten Samt gebettet, glitzernde Edelsteine von unermeßlichem Wert. Nach einem tiefen

Seufzer greift er zu. Behutsam, als handle es sich um rohe Eier, läßt er die Steine im Inneren seines Jacketts verschwinden.
Dann erstarrt er. Deutlich hat er gehört, wie jemand die Haustür aufschließt. Er läßt die Taschenlampe in der Tasche seines Capes verschwinden und hastet zum Fenster.
Als Ernst Luckmann, der Hauseigentümer, das Zimmer betritt, ist Jean Becker längst verschwunden. Nur ein offenes Fenster zeugt von seinem Besuch.
Eine Viertelstunde später ist die Polizei zur Stelle und wiederum eine Stunde später gelingt es ihr, Mylord Becker zu verhaften. Er war gerade dabei, seinen Wagen aufzutanken, als ihn der Tankwart auf Grund einer Radiodurchsage erkannte.
Obgleich Jean Becker alles abstritt, konnten ihn die Spezialisten des Einbruchdezernats fast mit einem fröhlichen Lächeln überführen. Und speziell ein Indiz war es, was ihnen dabei ganz entscheidend half.

Um welches Indiz handelt es sich?

nr. 9 Emilio Farmolis großer Kummer

Eigentlich unterschied sich der Tag in nichts von den vorhergehenden. Er war heiß wie immer, und es gab wie immer keinen Regen. Ja, nicht einmal eine Hoffnung darauf.

Catonia, die sizilianische Kleinstadt, lag wie schon all die Wochen zuvor unter einer flimmernden Hitzeglocke.

Signor Emilio Farmoli räkelte sich im Hinterzimmer seines bescheidenen Lebensmittel-Ladens auf einem Liegestuhl und las ohne jegliche Begeisterung die Zeitung.

Doch plötzlich stutzte er. Hatte da nicht eben der Perlenvorhang geklirrt? Farmoli streckte den Kopf nach vorn ... nichts!

Er wollte sich gerade wieder beruhigt zurücklegen, als sich das gleiche Geräusch wiederholte.

Ein fürchterlicher Verdacht kam ihm, und wie von der Tarantel gestochen stürzte er in den Laden.

Beruhigt und aufatmend registierte er, daß die Ladenkasse geschlossen war ... Aber dann entdeckte er etwas anderes: Wo eben noch die drei Stangen amerikanischer Zigaretten lagen, klaffte jetzt ein Loch.

Wütend schnappte Emilio Farmoli nach Luft und jagte durch den Perlenvorhang auf den sonnenüberfluteten Platz.

Doch alles, was er sah, waren ein Paar braungebrannte Beine, die gerade über die Friedhofsmauer verschwanden.

„Dieb!!!“ brüllte der Händler und schüttelte drohend die Fäuste. Dann kam ihm ein Gedanke, den er auch gleich in die Tat umzusetzen begann. Keuchend durchquerte er Laden und Hinterzimmer, zerrte sein Fahr-

rad aus dem Verschlag und erklomm keuchend den Sattel.
Zehn Minuten später hatte er den Friedhof umrundet und auch entdeckt, was er suchte ... oder besser, was er zu finden glaubte. Unter einer Pinie hockten sie und spielten mit ihren verdammten Kugeln.
„Ihr diebischen Bengel!" schrie Farmoli, warf sein Fahrrad hin und schwenkte drohend die Luftpumpe.
„Los, raus damit, oder ich zerreiße euch in der Luft!" zeterte der Händler.
Luigi Pirini, der Sohn des Apothekers, machte große Augen und erwiderte eingeschüchtert:
„Aber was haben wir denn gemacht, Signor Farmoli?"
Und sein Freund Enrico fügte hinzu: „Die ganze Zeit schon sitzen wir hier und spielen."
Emilio wollte gerade Luft für eine neue Schimpfkanonade holen, als Mario Aretti, der dritte im Bunde, in Richtung Friedhof zeigte und rief:
„Bestimmt haben Sie uns mit Jacomo verwechselt, Signor Farmoli."
„Jacomo?"
Alle drei nickten. „Der ist vorhin aus dem Friedhof gekommen und Richtung Fluß gelaufen!" meinte Luigi, und die beiden anderen nickten erneut.
„Trug er etwas bei sich?" erkundigte sich Farmoli, neue Hoffnung schöpfend.
Mario schubste Luigi an: „He, Luigi, du warst ihm doch am nächsten ... hast du was gesehen?"
Der Sohn des Apothekers zuckte mit den Schultern.
„Ja, aber ich kann nicht sagen, was es war."

Emilio Farmoli schwang sich auf sein Fahrrad und trat energisch in die Pedalen. Fünf Minuten später hatte er die Hütte erreicht, in der die Pasolis wohnten.
Jacomo fuhr erschrocken zusammen, als der Händler ohne Klopfen eintrat. „Wo ist deine Mutter?“ herrschte er den Jungen an.
„Zum Fluß gegangen, Signor!“
„Du warst vorhin bei mir, streite es nicht ab!“ Farmoli stampfte dabei mit dem Fuß auf den Boden.
Aber Jacomo schüttelte den Kopf. „Ich war auf dem Friedhof!“
Farmoli überlegte kurz. „Du warst auf dem Friedhof ... hast du da zufällig Luigi Pirini gesehen?“
Wieder schüttelte Jacomo den Kopf. „Nein, was ist denn geschehen?“
„Ich bin bestohlen worden! Luigi und seine Freunde haben dich gesehen ...“ Jacomo winkte ab und erwiderte feindselig: „Weil ich nicht mit ihnen spiele, wollen die mir so was in die Schuhe schieben. Ich war es nicht, Signor Farmoli. Fragen Sie Luigi einmal, was er und seine Freunde abends immer in der alten Coso-Grotte tun.“
Farmoli schluckte.
„Was tun sie denn dort?“
Jacomo sah den Kaufmann wie einen Verschwörer an:
„Sie rauchen heimlich Zigaretten, Signor ... Nun wissen Sie alles. Auch, wer bei Ihnen gestohlen hat!“
Signor Emilio Farmoli machte ein reichlich verzweifeltes Gesicht und brummte: „Einer schiebt es auf den anderen ...“ Und dann setzte er ärgerlich hinzu:

„Warum soll ich mich damit herumärgern. Soll der Karabinieri die Sache klären. Schließlich zahle ich ja Steuern, damit die Polizei auch was tut!“

Wer stahl die Zigaretten?

nr. 10 Ungebetene Kunden

Seit einer halben Stunde blitzte und donnerte es, als sei das Jüngste Gericht hereingebrochen. Heulend jagte eine Sturmbö nach der anderen durch die nächtlichen Straßen und ließ alles erbeben, was nicht niet- und nagelfest war.

Die Zeiger auf der Uhr der Cäcilienkirche zeigten genau 2 Uhr 32 an, als Frau Angenbacher in die Seestraße einbog. Sie hatte die Hausecke jedoch noch nicht ganz passiert, als sie wie vom Donner gerührt stehenblieb. Zehn, fünfzehn Sekunden vergingen, ohne daß sie sich zu rühren wagte.

Nur der Sturm riß ihr an Kopftuch und Mantel. Als sie vorsichtig den ersten Schritt rückwärts machte, zitterte sie so heftig, daß sie glaubte, die Beine würden ihr jeden Augenblick den Dienst versagen.

Endlich hatte sie sich wieder in der Gewalt und sah sich hilfesuchend nach anderen Leuten um. Doch die Straße lag wie ausgestorben da. Aber sie entdeckte etwas anderes: eine Telefonzelle. Atemlos hastete sie darauf zu und fühlte grenzenlose Erleichterung, als sich eine Stimme mit ‚Polizeipräsidium' meldete. Und dann, nachdem sie die ersten Worte herausgestammelt hatte, sagte die gleiche Stimme: „Einen Augenblick, ich verbinde Sie mit Inspektor Schnell!"

Wieder dauerte es nur Sekunden, bis eine dunkle Stimme forderte: „Bitte, wiederholen Sie, hier ist Inspektor Schnell!"

Und Frau Angenbacher wiederholte: „Ich kam eben vom Bahnhof... Als ich in die Seestraße einbog, stoppte gerade ein Lieferwagen vor dem Pelzgeschäft von Pilz & Co. Zwei Männer sprangen aus dem Auto und schnitten ein Riesenloch in die Schaufensterscheibe ... Ich habe so einen Schrecken bekommen, daß ich gar nicht wußte, was ich tun sollte ... Dann haben die Männer angefangen, die Sachen aus dem Schaufenster ins Auto zu schaffen ..."

Frau Angenbacher holte tief Luft, und der Inspektor nutzte die Gelegenheit: „Wo sind Sie jetzt?" fragte er eilig.

„In der Telefonzelle in der Kreuzstraße."

„Bleiben Sie dort, wir kommen hin!"

Frau Angenbacher legte den Hörer auf und lehnte sich gegen die Zellenwand. Nach genau sieben Minuten sah sie ein Polizeiauto auf sich zukommen.

„Ich bin Inspektor Schnell!" stellte sich wenig später ein älterer Herr vor.

„Leider sind die Kunden schon über alle Berge. Trotzdem wäre ich Ihnen dankbar, wenn Sie Ihre Beobachtungen noch einmal wiederholen würden. Sie kamen also vom Bahnhof ...?"

„Ja!" nickte Frau Angenbacher. „Ich ging hier die Kreuzstraße hinunter und bog gerade in die Seestraße ein, als ich das Auto stehen sah. Zwei Männer ..."

Der Inspektor unterbrach kurz: „Sind Sie sicher, daß es sich um zwei Männer handelte?"

„Ja, es waren zwei. Durch den Donner hörte man halt nicht, wie sie ein Riesenloch in die Schaufensterscheibe schlugen. Ja, und dann haben sie die Sachen in den Kofferraum geschleppt ... Ich hatte solche Angst, daß ..." Der Inspektor nickte. „Es kann Ihnen jetzt nichts mehr geschehen. Eine Frage: Können Sie uns die beiden Männer wenigstens beschreiben?"

Frau Angenbacher überlegte nicht lange: „Der eine war

viel jünger als der andere ... Und ein schmales Gesicht hatte er, und einen hellen Schal ... Der andere hatte kaum Haare auf dem Kopf. Aber alt war der auch nicht gerade ... so Mittelalter ...“

Der Polizist nahm die Frau am Arm und dirigierte sie behutsam in Richtung Polizeiauto: „Kommen Sie, Frau Angenbacher, wir nehmen gleich ein Protokoll auf. Bei dieser Gelegenheit können Sie auch noch einmal über alles nachdenken. Vielleicht fällt Ihnen dann auch ein, wie es wirklich war.“

Frau Angenbacher stutzte und sah den Kriminalbeamten verständnislos an: „Wie meinen Sie das, Herr Inspektor?“

„Ganz einfach: Das, was Sie mir am Telefon sagten, unterscheidet sich in drei Punkten von dem, was Sie mir jetzt berichtet haben!“

In welchen drei Punkten in Frau Angenbachers Angaben herrschte keine Übereinstimmung?

nr. 11 Als der Strom ausfiel

Schon lange vorher hatte sich der Rentner Alfred Zimke auf den angekündigten Kriminalfilm „Ein Fremder an Bord“ gefreut. Um so größer war seine Enttäuschung, als die Ansagerin um 20 Uhr 28 mit charmantem Lächeln erklärte, daß sich die Sendung des Films infolge einer aktuellen Sportübertragung kurzfristig um zwei Stunden verschiebe.

Wütend schaltete Herr Zimke sein Fernsehgerät aus und legte sich schmollend ins Bett. So entging es ihm, daß zwei Minuten später der Strom ausfiel.

Das geschah am 29. Oktober 1969.

Und der Strom fiel nicht nur bei Alfred Zimke aus. Der gesamte Stadtteil Oberburg lag in der Zeit von 20 Uhr 30 bis 21 Uhr 58 im Dunkel.

Trotz intensivster Suche nach den Ursachen des Stromausfalls benötigten die Spezialisten des E-Werkes fast eineinhalb Stunden, um hinter den Defekt zu kommen.

Und so war die Überraschung groß, als kein Zweifel mehr daran bestand, daß der Ausfall absichtlich herbeigeführt wurde.

Sehr sachkundige Hände hatten die Hauptleitung unterbrochen.

Fast gleichzeitig mit dieser Entdeckung gingen bei der Polizei die Meldungen von zwei raffinierten Einbruchdiebstählen in Juweliergeschäften ein.

Es gab keinen Zweifel darüber, daß diese Ereignisse in direktem Zusammenhang standen.

Kurz nach Mitternacht waren sich die Beamten der Spurensicherung darüber im klaren, daß beide Einbrüche die deutliche Handschrift Jacob Tischlinskys, eines Supergauners, trugen, der sogar im gleichen Wohnviertel zu Hause war.

Der neue Tag war noch keine Stunde alt, als die Kriminalbeamten Jacob Tischlinsky aus dem Bett heraus verhafteten. Und die Beamten frohlockten, als er unter Eid aussagte, daß er zur fraglichen Zeit im Fernsehen einen Kriminalfilm angesehen habe. Er konnte sogar den Inhalt des bewußten Films schildern.

Den Einwand, daß es zwischen 20 Uhr 30 und 21 Uhr 58 überhaupt keinen Strom gegeben und er infolgedessen auch nicht habe Fernsehen können, wischte Tischlinsky mit einer Handbewegung vom Tisch. Er sagte: „Da befinden sie sich aber auf dem Holzweg, meine Herren. Jacob Tischlinsky braucht zum Fernsehen keinen Strom. Jacob Tischlinsky hat einen Fernsehapparat, der batteriebetrieben ist."

Die sofortige Überprüfung dieser Angaben bestätigte die Richtigkeit seiner Angaben. Und obwohl man an den Tatorten weder Fingerabdrücke, noch in seiner Wohnung Diebesgut fand, blieb Tischlinsky in Haft.

Maßgeblich einer einzigen Tatsache hatte er das zu verdanken.

Um welche Tatsache handelte es sich?

nr. 12 Angeber oder Hochstapler

Bis gestern herrschte in der Pension ‚White Star' in Brighton friedliche Beschaulichkeit. Missis Caroline Baxter, die Inhaberin der Pension war glücklich, trotz schlechten Wetters alle Zimmer vermietet zu haben. Und die Gäste wiederum waren zufrieden, daß sie eine so lustige und großzügige Wirtin gefunden hatten.

Doch wie gesagt, das war gestern.

Heute mittag, so gegen 13 Uhr, sollte sich alles ändern. Denn da klingelte bei Caroline Baxter das Telefon und eine aufgeregte weibliche Stimme erklärte ihr, daß sie einen gefährlichen Hochstapler beherberge.

Als die erschrockene Wirtin endlich ihre Sprache wiedergefunden hatte, war die anonyme Warnerin bereits aus der Leitung verschwunden.

Caroline Baxter setzte sich und begann ihre wirren Gedanken zu ordnen. Sie dachte an die Polizei und an die Flinte ihres verstorbenen Mannes.

Wer kam in Frage?

Vier Herren wohnten zur Zeit bei ihr. Mister Conter, Mister Joel Ludd, der alte Oberst Cundridge und der verrückte Reporter Henry Sunbis. Und einer der vier sollte ein Hochstapler sein? Caroline Baxter beschloß das einzig richtige zu tun: Augen und Ohren offenhalten.

Nach dem Tee am Nachmittag zogen sich die Herren meistens in den Rauchsalon zurück. Und wohl zum ersten Mal in ihrem Leben tat Missis Baxter etwas, das sie sonst aus tiefstem Herzen verabscheute: sie lauschte.

Der Kaminschacht war der ideale Ort dazu. Und sie kniff sich selbst ins Bein, als sie die Stimme des alten Oberst hörte ...

„Nun, diese Missis Baxter ist ja sonst eine prächtige alte Haut, wenn sie nur ein bißchen mehr Tee ins Wasser geben würde. Ihr Tee erinnert mich an das Wasser des Ganges!“ Man lachte. Dann fragte Joel Ludd: „Sie waren in Indien stationiert, Oberst?“

Cundridge nickte: „Ja, über 23 Jahre, Gentlemen. War eine verdammt heiße Zeit. An manchen Tagen habe ich bis zu dreimal das Hemd gewechselt. Und wenn das auch nichts mehr half, habe ich mich in den Keller geflüchtet. Waren Sie auch in Indien, Mister Budd?“

„Ja!“ antwortete Joel Budd. „Ich arbeitete einige Zeit als Tierfänger. Ich habe in Indien so manche Schlange eingefangen ... Es geschah im Auftrag eines Institutes, das das Gift verwertete.“ Er klopfte wie zur Bestätigung auf den Tisch, während Henry Sunbis, der Reporter bedauernd mit den Schultern zuckte. „Bei mir hat es leider nie bis Indien gereicht. Schade, ich liebe Hitze über alles.“

In diesem Augenblick schaltete sich der ernst dreinschauende Mister Conter ein: „Dann sollten Sie mal ein verlängertes Wochenende in Afrika einlegen, Mister Sunbis. Ich war zweimal zur Tigerjagd drüben. Aber ich sage Ihnen, die Hitze war so unerträglich,

daß man am liebsten den ganzen Tag im Schatten gelegen hätte.“

Der alte Oberst beugte sich interessiert vor und erkundigte sich: „Wo waren Sie da in Afrika?“

„Einmal im südlichen Kongo und einmal an der Elfenbeinküste ... Man muß aber ziemlich lange unterwegs sein, bis man einen Tiger erwischt. Aber was tut man nicht alles für ein schönes Fell!“

Joel Ludd breitete schwärmerisch die Arme aus. „Mein Traumziel ist Australien. Ich habe nämlich eine stille

Leidenschaft für Känguruhs. Am liebsten würde ich mir so ein Tier im Garten halten."

Der Reporter nickte zustimmend: „Ja, Australien ist eine Reise wert. Ich war drüben, als sie die große Kaninchenplage hatten. Sie machen sich keine Vorstellung, welchen immensen Schaden diese possierlichen Tierchen angerichtet haben. Ganze Bahndämme haben sie zum Einstürzen gebracht ... Ja, ja, Australien ..."

Vorsichtig richtete sich Caroline Baxter auf. ‚Ist er nun nur ein Aufschneider – oder ist er auch ein Hochstapler?' ging es ihr durch den Kopf. ‚Muß einer, der schwindelt, auch gleich ein Verbrecher sein? Eigentlich bin ich noch keinen Schritt weiter ... Ich werde halt weiter Augen und Ohren offenhalten müssen ...'

Und das tat sie dann auch. Aber anscheinend war der Aufschneider doch kein Hochstapler, denn er bezahlte seine Rechnung wie alle anderen. Und silberne Löffel fehlten nach seiner Abreise ebenso wenig ...

Und wer war der schwindelnde Aufschneider?

nr. 13 Die Geschichte einer Nachricht, die nie ankam

Der Häftling Hugo Wimmerl, Finger-Wimmi genannt, gab sich besonders lustig und leutselig, und er nahm es an diesem Tag auch mit dem Fleiß sehr genau, als er den Wagen mit der schmutzigen Wäsche an Wachtmeister Hauff vorbeischob.

Er tat, als habe er sich schon ein Leben lang auf so eine Arbeit gefreut. Und gerade das machte den Beamten stutzig. Und einmal mißtrauisch geworden, verfolgte er aus den Augenwinkeln heraus jede Bewegung des Häftlings.

Und so entging es ihm nicht, wie sich Hugo Wimmerl zweimal ganz dicht an dem Fahrer des Wäschereiautos vorbeischob.

25 Minuten später stand Wachtmeister Hauff vor dem Gefängnisdirektor Dr. Hutter und hielt ihm triumphierend einen Zettel hin.

„Ich habe einen Kassiber entdeckt, Herr Direktor. Jetzt eben, beim Wäscheverladen ..."

„Und welcher unserer Gäste war der Schreibwütige?" erkundigte sich Dr. Hutter, während er Hauff den Zettel aus der Hand nahm.

„Nummer 192, Finger-Wimmi ..." als Hauff den mißbilligenden Blick seines Direktors sah, verbesserte er schnell: „... ich meine Hugo Wimmerl. Er wollte ihn mit dem Wäschereiauto hinausschmuggeln. Ich habe

mir den Fahrer vorgeknöpft ... Angeblich sollte er ihn zu Wimmerls Bruder nach Dengsheim schaffen ..."

„Haben Sie schon mit dem Häftling gesprochen?"

Wachtmeister Hauff schüttelte ein wenig verlegen den Kopf und deutete auf den Zettel: „Ich wollte erst mit Ihnen sprechen, Herr Direktor ... wegen des Geheimkodes ... Ich muß zugeben, daß ich noch nicht schlau aus dem Geschreibe geworden bin ... Vielleicht sollten wir einen Experten hinzuziehen, Herr Direktor."

Doktor Hutter lächelte: „Aber lieber Hauff, lassen Sie sich doch nicht ins Boxhorn jagen ... Schauen Sie sich den Wisch noch einmal ganz genau an, dann kriegen Sie schon heraus, was diese sogenannte ‚Geheimschrift' zu bedeuten hat. Der gute Wimmerl will seinem Bruder nur mitteilen, an welchem Tag und zu welcher Stunde er hier aus dem Gefängnis auszubrechen gedenkt. Tja, so leid es mir tut, aber diese Suppe müssen wir ihm ja nun versalzen ...“

Und Doktor Hutter reichte seinem Beamten den Zettel zurück. „Hier!“

„Ich will's versuchen!“ nuschelte Wachtmeister Hauff und machte dabei keineswegs ein überglückliches Gesicht. Anscheinend wäre ihm der Experte doch lieber gewesen ... Dann las er ... Und er las wieder und wieder. Und nach dem siebzehnten Lesen breitete sich so etwas wie Genugtuung auf seinem Gesicht aus. Ein letztes Mal überflogen seine Augen den Text:

> DEN TAG DER WOCHE ICH STUNDEN
> DEM TAG GEFÄNGNIS VERLASSEN
> DAS NEUEN VOR ZWEI WERDE KOM-
> MENDEN IN DRITTEN.

Hauff strahlte seinen Direktor an: „Ich hab's, Herr Direktor ... Tatsächlich stehen Tag und Stunde genau fest ... das ist ja ein Ding.“

Und so geschah es, daß Hugo Wimmerls, genannt Finger-Wimmi, Ausreißversuch kläglich scheiterte. Er endete sozusagen in den weitgeöffneten Armen des Wachtmeisters Hauff.

An welchem Wochentag und zu welcher Stunde wollte der Häftling 192 ausbrechen?

nr. 14 Störung in der Leitung

„Hallo, ist dort das Fundbüro? – Ja, hier spricht Karl Overdieck ... mir ist da eben ein fürchterliches Malheur passiert, was heißt Malheur, eine Katastrophe sozusagen, ich habe nämlich gerade bemerkt, daß ich ... (Störung in der Leitung) ... stehengelassen habe ... Natürlich weiß ich, daß es noch zu früh ist ... Bitte? ... Beschreiben soll ich? ... Ja, natürlich, es ... (Störung in der Leitung) ... Nein, nein, es ist kein Schloß dran ... Haben Sie schon mal ei ... (Störung in der Leitung) ... mit Schloß gesehen? Hahahaha ... verflixt, dabei ist mir gar nicht zum Lachen zumute ... Ich bin ja bereit, einen dicken Finderlohn zu zahlen ... nur Gebühr? ... auch recht, wenn ich sie nur wiederkriege ... Ja, eigentlich noch nie, dabei fahre ich ... (Störung in der Leitung) ... doch man sitzt viel bequemer. Es ist mir aber wirklich noch nie passiert. Aber da hat mich vorhin ein Artikel in der Zeitung aufgeregt ... Eigentlich lachhaft ... Grad so, als würde ein Lokomotivführer seine Lokomotive vergessen, was? ... Natürlich auch manchmal das Frühstück. Nein, nicht Vertreter ... Irrtum, mein Herr, ich bin ... (Störung in der Leitung) ... ärger ... Sie sehen also, daß ... (Störung in der Leitung) ... aber heutzutage eine Menge aus Kunststoff, nein, bei uns nur Leder ... (Störung in der Leitung) ... und reeller. Wird doch arg strapaziert. Danke, ich rufe ab jetzt jede Stunde an ... was glauben Sie, wenn sich das bis zu meinem Chef

herumspricht ... Haha, fast fristlos, haben Sie erst mal einen Chef, der Minister ist ...“

Was hat Herr Overdieck verloren?

nr. 15 Der Verkehrssünder

„Morgen, Schmidt!" ruft Inspektor Kessler gutgelaunt und wirft seinen Hut mit einem eleganten Schwung auf den Garderobenständer. „Gibt's was Neues?"

„Guten Morgen, Herr Inspektor! Wenn Sie schon so fragen", erwidert Kriminalassistent Schmidt, „ich sollte Sie an den Wagen von Frau Lommel aus der Registratur erinnern."

Kessler klopft sich vor die Stirn, „Du grüne Neune! Stimmt. Ich wollte mich ja darum kümmern. Wie war noch die Vorgeschichte?" Schmidt räuspert sich und legt los:

„Also, Frau Lommel hatte ihren Wagen in der Seewiesenstraße geparkt. Als sie gegen Mitternacht wegfahren wollte, merkte sie, daß ihr Kotflügel total eingebeult war. Wachtmeister Kögele vom 12. Revier ermittelte, daß es einer der Wagen gewesen sein muß, die in der Seewiesen-Tiefgarage parken. Ein Nachtwächter erkannte auch den Wagentyp und sah, wie der betreffende Wagen in der Tiefgarage verschwand."

„Wurden die in Frage kommenden Fahrzeuge besichtigt?"

„Ja, es waren drei. Aber die Stoßstangen sehen alle gleich ramponiert aus."

„Die Namen der Besitzer?"

„Hier, Herr Inspektor. Mit Adressen. Übrigens, ich habe den Dienstwagen bereits angefordert."

Der Inspektor zwinkert seinem Assistenten lustig zu:

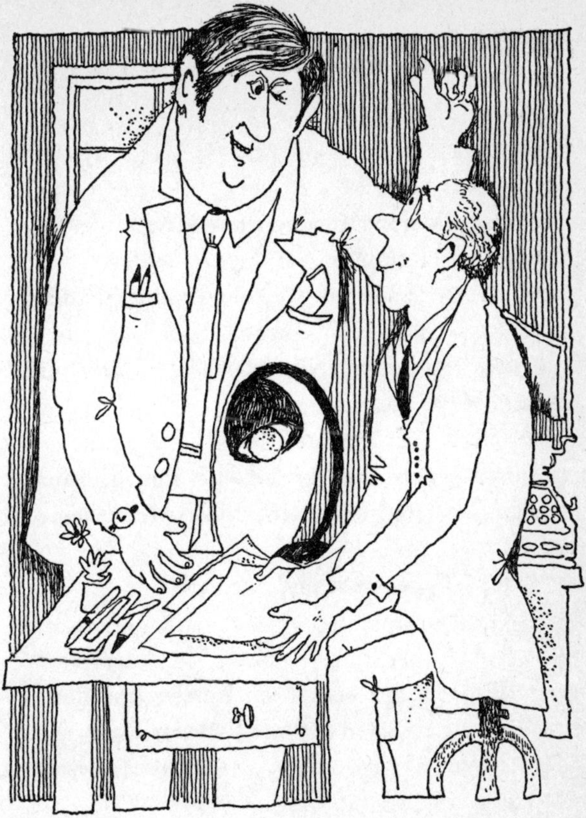

„Sie werden's noch weit bringen, Schmidt! Dann will ich mir mal die drei Herren vorknöpfen."

Herr Batka öffnet bereits nach dem ersten Klingeln.
Kessler grüßt freundlich und zeigt seine Dienstmarke: „Guten Morgen, Herr Batka. Um es kurz zu machen:

Vorgestern abend wurde in der Seewiesenstraße ein Wagen beschädigt. Sie stehen im Verdacht, der Übeltäter gewesen zu sein."

„So, davon habe ich keine Ahnung", erwidert Arnulf Batka trocken.

„Aber Sie parken in der Seewiesen-Tiefgarage?"

„Ja, seit drei Jahren."

„Wann haben Sie Ihren Wagen vorgestern abend abgestellt?"

Batka überlegt kurz: „Na, so gegen 18 Uhr. Ich bin dann auch nicht mehr weggefahren."

„Haben Sie dafür Zeugen?"

Wieder zögert Batka. Es scheint ihm sichtlich unangenehm, daß er antworten muß. „Nein, keine Zeugen."

Kessler lupft seinen Hut und geht.

Herrn Köhler trifft Inspektor Kessler auf dem Flur, vor seinem Briefkasten. Er stellt wieder die Frage: „Sie stellen Ihren Wagen doch in der Seewiesenstraße ab?"

„Ja!" stimmt Herr Köhler, ein kleiner, sehr korpulenter Mann zu.

„Vorgestern abend wurde in der Seewiesenstraße ein Pkw beschädigt, und Sie stehen im Verdacht."

Herr Köhler winkt aufgeregt ab: „Nee, nee, mein Lieber", und mit hochrotem Kopf ruft er: „Da sind Sie bei mir an der falschen Adresse. Ist nicht, Fahrerflucht und so!"

Der Inspektor beschwichtigt: „Na, regen Sie sich doch

nicht so künstlich auf. Ich frage doch nur ganz höflich. Wann haben Sie Ihren Wagen gestern abgestellt?"
Köhler antwortet grimmig: „So um 22 Uhr herum."
„Und vorgestern?" fragt der Inspektor ungerührt weiter.
„Vielleicht auch um diese Zeit. Aber Sie sind auf dem Holzweg, wenn Sie glauben, daß ich wegen eines Kotflügels Theater machen würde. Nee, nee, da gehen Sie mal ruhig ein paar Türen weiter!"
Der Inspektor grinst: „Sie werden noch einen Herzinfarkt bekommen!"

Beim dritten Kandidaten wird er durch die Sekretärin angemeldet. Mit ausgebreiteten Armen eilt Herr Losse auf den Inspektor zu: „Womit kann Ihnen die Firma Losse dienen?"
Kessler schüttelt eine feuchte Hand: „Herr Losse, vorgestern wurde in der Seewiesenstraße ein PKW beschädigt. Der Übeltäter hinterließ leider keine Visitenkarte!"
Herr Losse klopft sich mit theatralischer Geste an die Brust und dröhnt: „Aber Inspektor, sehe ich wie ein Mann aus, der Fahrerflucht begeht? Möchten Sie einen Kognak?"
„Nein, danke, ich möchte nur wissen, wann Sie vorgestern abend Ihren Wagen in die Tiefgarage gebracht haben?"
„Vorgestern? ... Warten Sie mal ... Ich glaube, es war gegen 23 Uhr. Aber gerammt habe ich bestimmt niemanden!"

„Gerammt?"
Losse zuckt erschrocken zusammen. „Sie haben doch so was gesagt."
Kessler schüttelt den Kopf. „Es handelt sich um einen Kotflügel, Herr Losse."
„Einen Kotflügel? Na, das muß sich doch regeln lassen."
„Ich komme sicher noch einmal auf Sie zurück."

Zwanzig Minuten später legt er dem Assistenten Schmidt einen Zettel auf den Tisch. Ein Name steht darauf.
„Das ist der Übeltäter", brummt er dazu. „Veranlassen Sie bitte alles Nötige. In Zukunft wollen wir uns nach Möglichkeit aus solchen Sachen heraushalten. Wir sind schließlich keine Verkehrspolizei!"

Welcher Name stand auf dem Zettel?

nr. 16 Der Kohlendieb

In der Ahornstraße 17 wohnen acht Mieter. Einer davon ist Alfons Schuhmann, der in diesem Augenblick auf die Klingel des Hausmeisters Gustaf Kies drückt.
Der Hausmeister öffnet, und Herr Schuhmann kommt gleich zur Sache: „Herr Kies, seit Wochen heizt jemand mit meinen Kohlen!"
Kies schüttelt ungläubig den Kopf: „Sie glauben wirklich, daß jemand in unserem Haus Kohlen stiehlt?"
„Ja, ich bin sicher! Briketts und Eierkohlen."
Kies wundert sich: „Ja, aber warum gehen Sie nicht zur Polizei, Herr Schuhmann?"
„Gute Idee! Aber leider verlangt die Beweise."
Bedächtig sagt der Hausmeister: „Tja, eine wirklich dumme Sache. Wenn man es genau nimmt, kommen ja nur die drei Parteien in Frage, die außer uns beiden noch mit Kohlen heizen: Bechstein, Schütz und Meinke. Alle anderen haben Gas. Ich würde Ihnen unbedingt raten, eine Kontrolle zu machen."
„Ja, glauben Sie vielleicht, ich lege mich nächtelang auf die Lauer", entgegnet Schuhmann aufgebracht.
„Ist doch gar nicht nötig. Spannen Sie einfach vor Ihren Kohlenhaufen ein paar schwarze Fäden. Sollten diese zerrissen sein, wissen Sie ganz sicher, daß Sie einen Mitheizer haben."
Schuhmann nickt erfreut: „Genau das werde ich tun. Außerdem mache ich mir auch noch direkt in den Koh-

len ein Zeichen. Ich lege einfach zu den Eierkohlen ein kleines Stück Brikett."

Gleich am Nachmittag baut Alfons Schuhmann seine Kontrolle auf. Er legt an unauffälliger Stelle ein Stück Brikett hin und verspannt an der Kellertür in vier verschiedenen Höhen schwarzes Heftgarn.

Doch seine Bemühungen sind umsonst, wie er am Sonntagmorgen feststellen muß. Der Kohlendieb war wieder am Werk.

Zwar sind die Fäden an der Kellertür nicht zerrissen, aber das Brikettstückchen wurde verändert. Obgleich es der Kohlendieb wieder auf die gleiche Höhe gelegt hat, sieht Schuhmann, daß sich die Lage der Kohlen verändert hat. Er entschließt sich, erst einmal mit den anderen Kohleheizern zu sprechen, bevor er die Polizei einschaltet.

Hier sind kurzgefaßt die Antworten der Hausbewohner:

Bechstein:

So, Kohlen wurden bei Ihnen gestohlen? – Da muß ich mir sofort ein anderes Schloß besorgen. – Sie hatten sich ein Zeichen gemacht? Wie raffiniert! Hätte nie gedacht, daß so was in unserem Haus passieren könnte. – Polizei? – Ach, das würde ich mir doch überlegen. – Bedenken Sie doch, welche Blamage ...

Schütz:

Aber, Herr Schuhmann, da irren Sie sich ganz bestimmt. – Ich kann mir einfach keinen unserer Hausbewohner als Kohlendieb vorstellen. Könnte es nicht auch jemand von draußen gewesen sein? – Bloß nicht Polizei, die Fragerei macht mich ganz krank. – Bitte, wie Sie wollen! – Schließlich sind ja Ihre Kohlen verschwunden. – So, Sie hatten Fäden gespannt? Toller Einfall!

Meinke:

So täuscht man sich in den Menschen. Mich wundert gar nichts mehr. – Nächstes Jahr werden wir uns auch eine Gasheizung einbauen lassen. Die kann uns wenigstens keiner anzapfen. – Na klar, holen Sie doch einfach die Polizei. Wofür ist sie denn da! – Finden werden die ohnehin nichts. Oder glauben Sie, daß die in Ihrem Keller ein Zelt aufschlagen?

Nach diesen Gesprächen überlegt Alfons Schuhmann lange. Jeden Satz, den er in den letzten Tagen gehört hat, ruft er sich noch einmal ins Gedächtnis. Und dann hat er es tatsächlich herausgetüftelt.
Jetzt weiß er, wer sich an seinen Kohlen vergriffen hat.

Wie heißt der Kohlendieb?

nr. 17 Das Telefongespräch

Am 9. Januar vergangenen Jahres versuchte ein maskierter Mann, die Filiale der Bezirksbank am Friedensplatz zu berauben. Der Versuch schlug fehl.

Am gleichen Nachmittag klingelt bei Herrn Kohler das Telefon. Andreas Kohler wohnt im dritten Stock des Hauses, in dessen Erdgeschoß sich die Räume der Bezirksbank befinden.

„Kohler!" meldet er sich.

„Tag, Herr Kohler, hier spricht Pollke. Was sagen Sie bloß zu der Geschichte heute vormittag?"

„Tag, Herr Pollke. Lange nichts von Ihnen gehört! Meinen Sie den Banküberfall?"

„Richtig! Ist doch aufregend, wenn man so was mal aus nächster Nähe erlebt. Sie wissen ja, daß ich seit ein paar Wochen in dem Haus Ihnen gegenüber wohne ... Ja, stellen Sie sich vor, als der Bankräuber angeradelt kam, stand ich gerade am Fenster."

„Sie haben also auch alles beobachtet?"

„Klar, die Maske muß er erst im allerletzten Moment übergestreift haben. Na, und haben Sie das Fahrrad gesehen? Modell 1901 ohne Bremse, hahahahaha ..."

„Mir ist nur sein langer Mantel aufgefallen. Beinahe wäre er damit in die Speichen gekommen. 's hätt' dann den Sturz des Bankräubers gegeben, hehehe!"

„Auch sonst wirkte der Bursche recht unsauber. Wie alt schätzen Sie den Mann?"

„Über dreißig auf jeden Fall!"

„Unmöglich! Wetten, daß er kaum über zwanzig war. Höchstens ...“

„Na ja, Herr Pollke, Sie wohnen im ersten Stock. Sie konnten es vielleicht besser sehen.“

„Eigentlich ist er mir erst richtig aufgefallen, als er plötzlich aus der Bank stürmte.“

„Und der dicke Kassierer hinterher. Urkomisch war das ...“

„Dessen Gesicht hätte ich sehen mögen, als der Bankräuber das Geld von ihm forderte.“

„Ich hab nur gesehen, wie der Mann eine Tasche auf den Tresen warf. Dann ging alles ganz schnell. Die Alarmglocke läutete, und der Dieb rannte davon. Und wie der rannte!“

„Wie ich gehört habe, soll man ihn schon wieder erwischt haben. Ja, Bankräuber mit Fahrrädern haben es nicht leicht, hahahaha. Jetzt muß ich Schluß machen, Herr Kohler, die Türglocke läutet. Wir sehen uns diesen Freitag am Stammtisch. Sie kommen doch?“

„Wie immer, Herr Pollke! Also – dann bis Freitag!“

Soweit das Telefongespräch am Nachmittag des 9. Januar. Wenn man davon absieht, daß einiges, was die beiden Herren ‚beobachteten‘, mehr bloße Vermutung war, so gibt es doch in einem Fall den hundertprozentigen Nachweis dafür, daß geflunkert wurde. Welcher der beiden Stammtischbrüder war es?

Flunkerte Herr Pollke? Oder flunkerte Herr Kohler?

BANK

nr. 18 Das Testament des Doktor Altenberg

Zwei Tage nach Bußtag verstarb im Alter von nur 56 Jahren, völlig überraschend und unerwartet, der von allen hochgeschätzte Professor Dr. Carsten Altenberg.

Die alte Katharina entdeckte ihn morgens gegen sechs Uhr in seinem Schreibtischsessel sitzend. Für sie war es der größte Schock ihres Lebens. Seit 51 Jahren schon war sie bereits in der Familie der Altenbergs. Davon hatte sie dreißig Jahre lang den Haushalt des unverheirateten Professors geführt. Leute, die es nicht genau wußten, hatten sie oft für Mutter und Sohn gehalten.

Zum Haushalt gehörte außerdem noch der 26jährige Student Jens Oppeln. Er lebte seit drei Jahren bei seinem Onkel.

Einen Tag nach der Beerdigung teilte der Anwalt des Verstorbenen, Dr. Weise, Jens Oppeln mit, daß der sonst so gewissenhafte Dr. Altenberg kein Testament hinterlassen habe. Da jedoch eine größere Summe Bargeld sowie Wertpapiere und Grundstücke zur Hinterlassenschaft gehörten, müsse man erst einmal nachforschen, ob noch weitere Verwandte existierten. Das brauche Zeit.

24 Stunden später betrat Jens Oppeln die Kanzlei des Anwalts und sagte mit spöttischem Lächeln: „Ich habe

es einfach nicht glauben wollen, daß mein korrekter Onkel kein Testament hinterlassen hat. Deshalb habe ich noch einmal das ganze Haus auf den Kopf gestellt. Stellen Sie sich vor, Doktor, ich fand das Testament in einem Buch von Gustav Freytag mit dem beziehungsvollen Titel, ‚SOLL UND HABEN'. Na, was sagen Sie nun?"

Jens Oppeln griff in seine Tasche und zog einen weißen Umschlag hervor, auf dem maschinengeschrieben ‚Mein Testament' stand. Und bis auf Altenbergs schwungvolle Unterschrift waren die wenigen Sätze auf dem Blatt Papier maschinengeschrieben.

Dr. Weise las:

‚Ich, Carsten Altenberg, verfüge hiermit bei bester Gesundheit und im Vollbesitz meiner geistigen Kräfte, daß mein Neffe Jens Oppeln alles Bargeld und allen beweglichen sowie unbeweglichen Besitz erbt. Die Verfügung des Geldes ist mit keinerlei Auflagen verbunden. Carsten Altenberg'

Der Anwalt senkte das Papier und blickte lange auf seinen Besucher, dem langsam eine leichte Röte in die Wangen stieg.

Dann hob der Anwalt das Testament wieder hoch und begann es langsam und sorgfältig zu zerreißen.

Jens Oppeln starrte entsetzt auf die Hände des Anwalts, sprang auf und rief mit überschnappender Stimme: „Was soll das bedeuten, Doktor?"

„Ich glaube, das bin ich Ihrem Onkel schuldig. Ich möchte nicht, daß sein Neffe als Urkundenfälscher ins Gefängnis wandert."

Für einen Augenblick sah es aus, als wolle sich Jens Oppeln auf den Anwalt stürzen. Dann aber ließ er sich mit hängenden Schultern auf seinen Stuhl zurückfallen, und eine ganze Weile herrschte Totenstille im Raum.

Endlich, es waren mindestens fünf Minuten vergangen, hob Jens Oppeln den Kopf und blickte dem Anwalt voll ins Gesicht. Man konnte es spüren, wie ihm die

Suche nach den passenden Worten Schwierigkeiten machte.

„Danke, besten Dank, Herr Doktor!"

Dr. Weise winkte ab: „Wer von uns ist schon ohne Fehler."

Jens Oppeln richtete sich auf und fragte mit unverhohlener Anerkennung: „Bitte, sagen Sie es mir ... Woran haben Sie gemerkt, daß das Testament nicht echt war? An der Unterschrift kann es doch nicht gelegen haben."

Dr. Weise überlegte nicht lange: „Es ist ganz einfach, Herr Oppeln, es fehlte etwas, das Ihr rechtschaffener Onkel nie vergessen hätte."

Als er den verständnislosen Blick des jungen Mannes sah, sagte er noch: „Denken Sie mal darüber nach. Sicher fällt es Ihnen noch ein."

Was war es, was Jens Oppeln in seinem gefälschten Testament vergessen hatte?

nr. 19 Der Tip

Ede Schmalwitz – niemand weiß warum, ‚Karfunkel' genannt – hockte in seiner Stammkneipe ‚Zum blauen Kakadu' und starrte trübsinnig in ein halbvolles Glas Bier.

Doch der Trübsinn sollte sich spätestens in dem Augenblick verflüchtigen, als sich ein Mann an seinen Tisch setzte.

„Mensch, Otto, ich denke, du hast zwei Jahre gekriegt?" rief Karfunkel erstaunt.

Otto Memmsen nickte: „Stimmt, hatte ich auch. Aber wegen guter Führung haben sie mir ein paar Monate geschenkt ... Na, du weißt schon, wie das ist. Man legt eben einfach mal für einige Zeit die Ohren an, sagt ‚Jawohl, Herr Wachtmeister' und ‚Schon recht, Euer Gnaden', und dann kriegt man eben wegen guter Führung Straferlaß ..."

Otto setzte sein Bierglas an und erst wieder ab, als er den Boden des Glases erkannte.

„Und jetzt? Was machste jetzt?"

Otto senkte die Stimme: „Ich hab'n heißen Tip, Karfunkel ... Bargeld und Klunkerzeug. Haste Lust?"

Karfunkel war mißtrauisch. Und er gab sich auch gar keine Mühe, sein Mißtrauen zu verbergen.

„Warum drehste denn das Ding nicht selber?"

„Kann nicht. Ich werd' doch überwacht."

Karfunkel wiegte den Kopf. „Was schätzt du, was bei deinem Tip zu holen ist?"

„Alles in allem 10 Mille dürften dabei herausspringen. Sechs für dich, vier für mich!"
Karfunkel schüttelte den Kopf. „Sieben für mich, drei für dich!"
Otto Memmsen rief nach dem Kellner und flüsterte: „Lassen wir's, Karfunkel. Ich hol' mir einen für sechs Mille. Hab' zuviel in den Tip investiert."
Plötzlich hob Karfunkel sein Bierglas und murmelte: „Okay, Otto, ich mach's für sechs. Weil du es bist, und weil du gerade aus dem Knast kommst. Wie, wann, wo?"
Memmsen rutschte auf den Stuhl neben Ede Schmalwitz und erklärte: „Du fährst heute abend mit der Straßenbahn nach Simbach. In der Heinrichstraße, das ist 'ne halbfertige Straße mit ein paar Neubauten, gibt es eine Vierergruppe Reihenhäuser. Die Nummer 24 gehört einem gewissen Malzach. Der ist verreist und kommt erst morgen vormittag wieder zurück. Straßenbeleuchtung ist noch nicht ... Durch die Haustür kommste nicht, die hat so 'n komisches Sicherheitsschloß. Aber wenn du drei Ziegel übereinanderstellst, kannste bequem ein Loch in die Scheibe vom Küchenfenster schneiden ... Geld und Klunker liegen in einer alten geschnitzten Truhe im Keller ..."
„Im Keller?" wiederholte Karfunkel verständnislos.
„Ja, dieser Malzach hat doch 'ne Lücke im Zaun. Ich hab' selbst gehört, wie er sagte, im Keller suche kein Einbrecher nach Schätzen. Na, was sage ich, hat er 'ne Lücke im Zaun – oder hat er nicht?"
Karfunkel stimmte Otto Memmsen zu.

Trotzdem erkundigte er sich noch einmal sehr eindringlich: „Und der Tip ist wirklich bombensicher?"
Otto tat entrüstet: „Bei vier Mille hört bei mir der Spaß auf, Karfunkel! Komm, du hast noch eine Stunde Zeit, trinken wir noch einen!"
Sie tranken noch drei. Und auf dem Weg zur Straßenbahn trank Karfunkel noch vier. Jetzt war er gerade in der richtigen Stimmung.
Als er in Simbach aus der Straßenbahn stieg, fühlte er sich leicht und beschwingt, und er fand auch auf Anhieb die halbfertige Heinrichstraße.
Leise summend trug er drei Hohlblocksteine zusammen, schichtete sie übereinander, ritzte mit dem Glasschneider einen akkuraten Kreis in die Scheibe des Küchenfensters und drückte das Ganze dann nicht gerade sehr leise ein. Mit fröhlichem Summen wirbelte er dann das Fenster von innen auf und stieg, noch immer summend, in die fremde Küche hinein.
Als er das Licht im Hobbyraum anknipsen wollte, wurde es plötzlich hell.
Am oberen Treppenabsatz stand ein Mann und richtete eine Schrotflinte auf Karfunkel. Dazu rief er überhaupt nicht freundlich: „Hochkommen, aber ein bißchen plötzlich!"
Karfunkel starrte den Mann wie eine Fata Morgana an. „Ich denke ... denke, Sie kommen erst morgen vormittag wieder, he...? Was wollen Sie denn jetzt schon hier, herrje, so was Dummes..." Und mißmutig kletterte Karfunkel wieder nach oben.
„Ihre Gedanken können Sie dann mit der Polizei austauschen ... Setzen Sie sich dahin!"

23
24
25
26

Der Mann mit der Flinte schob ihm einen Küchenhocker zu. „Die Polizei wird gleich da sein!"
Karfunkel ließ sich melancholisch auf den Hocker fallen und brummte: „Möchte bloß wissen, was ich schon wieder falsch gemacht habe ... habe ..."

Ja, was hatte Ede Schmalwitz, genannt Karfunkel, falsch gemacht?

nr. 20 Der Mann in Schwarz

Der Mann trug einen dicken, schwarzen Vollbart, eine dünnrandige Goldbrille und einen unauffälligen grauen Anzug. Und er bewohnte ein einfaches Zimmer im Hotel ‚Savoyen'. Es handelte sich dabei um ein kleines, unscheinbares Haus in der Rue Foche, an dem der Putz, bis auf kleine Reste, schon vor Jahren abgeblättert war.

Es war 18 Uhr 30. Seit einer halben Stunde schon ging der Bärtige nervös in seinem Zimmer auf und ab und starrte dabei immer wieder ungeduldig auf den Telefonapparat.

Endlich klingelte es.

„Hallo?" sprach der Mann mit gedämpfter Stimme in die Muschel. Und ebenso leise, nur wesentlich unfreundlicher, klang es daraus zurück.

„Hallo, Jean, ich bin's. Ich wollte dir nur sagen, daß alles in Ordnung ist und ich alles wie gewünscht vorbereitet habe. Du fährst mit dem Personallift bis in den 6. Stock. Neben dem Liftschacht befindet sich ein Gestell mit einem Feuerlöscher. Dahinter habe ich den Schlüssel für 613 festgeklebt ... Im Schrank findest du, was du brauchst. Die Strickleiter reicht genau bis zum 4. Stockwerk. Die günstigste Zeit dürfte wohl zwischen zwei und drei sein. Alles klar?"

Um die Lippen des Bärtigen huschte ein flüchtiges Lächeln: „Alles klar! Was machst du, Pierre, während ich arbeite?"

„Ich bin glücklicherweise nach Cannes abkommandiert. Und ich hoffe auch, daß sich unsere Wege nie mehr kreuzen werden!“ Ein Knacken verriet dem Bärtigen, daß sein Gesprächspartner aufgelegt hatte. Er tat das gleiche.

Eine seidenweiche Nacht lag über der Riviera. Während in St. Tropez noch lautstark gefeiert wurde, in den Spielbanken von Nizza und Monaco noch immer die Kugeln rollten, war in Antibes bereits wohltuende Ruhe eingekehrt. In den großen Hotels am Meer verlöschten nacheinander die noch wenigen erleuchteten Fenster.

Auf die Minute genau 2 Uhr 20 war es, als im 6. Stock des Hotels ‚Europa‘ ein Fenster geöffnet wurde. Ein Mann beugte sich weit heraus und blickte an der Fassade abwärts. Er trug einen schwarzen Overall und eine dunkle Gesichtsmaske. Eine Minute später begannen die Hände des Mannes eine Strickleiter herabzulassen.

Mit äußerster Vorsicht, jedes unnötige Schaukeln vermeidend, dirigierte er sie abwärts, bis sie, wenige Handbreit über dem Balkon eines Zimmers im 4. Stock zum Stillstand kam.

Wieder beugte sich der Maskierte weit aus dem Fenster und blickte nach unten. Minutenlang verharrte er so unbeweglich.

Dann schlug es 2 Uhr 30 ... es war ein einziger scheppernder Schlag, der sich mit dem kurzen Aufheulen eines Motors vermischte. Und plötzlich kam Leben in die maskierte Gestalt. Sekundenlang füllte sein Körper die Fensteröffnung aus, dann hatten seine Füße die elastischen Sprossen erfaßt und glitten darauf mit artistischer Gewandtheit abwärts.

Vorbei an dem offenstehenden Fenster des Zimmers 513 im 5. Stock.

Als er den Balkon im 4. Stockwerk erreichte, war es genau 2 Uhr 35. Die beiden Flügel der Balkontür waren weit geöffnet und ein kaum wahrnehmbarer Luftzug ließ die hauchdünnen Tüllstores erzittern.

Der Maskierte hielt lauschend den Atem an und entspannte sich in dem Augenblick, als er aus dem Inneren des Raumes das leise Schnarchen hörte. Signor Ettore Sartoni aus Florenz schlief den Schlaf des Gerechten.

Behutsam schob der Eindringling das feine Gewebe zur Seite.

Als er wieder zum Vorschein kam, waren ganze vier Minuten vergangen. Ohne Aufenthalt schwang sich der Mann auf den Nachbarbalkon, wo sich in noch kürzerer Zeit das gleiche Schauspiel wiederholte ... und nicht nur dort ... in einer Reihe weiterer Zimmer blieb sein Besuch nicht ohne Folgen.

Wenn das Frühstück nicht schmeckt, liegt es meist an einer schlechten Nacht. Wenn es an jenem Morgen einigen Gästen des ‚Europa' nicht schmeckte, so lag das weniger an einer schlechten Nacht, als am bösen Erwachen.

Miß Gloria Tucker aus Boston war die erste, die tränenüberströmt in das Foyer stürzte und sich Mon-

sieur Hektor, dem Geschäftsführer, schluchzend an die Rockaufschläge hängte.
Ihr hart auf den Fersen folgten Ettore Sartoni, ein Schmuckgroßhändler aus Florenz, und Serge Balinoff, ein ehemaliger General aus Bulgarien.
Ungeheuerliches schien geschehen zu sein, und Monsieur Hektor wurde immer bleicher. Während seine schmalen, feuchten Hände nervös an den Hosennähten entlangglitten, hüpfte sein Adamsapfel bei jedem Schlucker aufgeregt von unten nach oben.
Als das Ehepaar Madame und Monsieur Aurillac gebrochen aus dem Lift wankte, gab es für den Geschäftsführer kein Zögern mehr: Gravitätisch wie ein Flamingo schritt er zur Rezeption, ergriff den Telefonhörer und verlangte mit flüsternder Stimme eine Verbindung mit der Polizei.

Als es an Perry Cliftons Tür klopfte, war es inzwischen 17 Uhr geworden.
Der Londoner Kaufhausdetektiv war gerade von einem ausgedehnten Strandbummel zurückgekehrt und hatte es sich auf seinem Hotelbett bequem gemacht.
„Herein!“ rief er und blickte teils unwillig, teils neugierig auf den Mann im hellbeigen Anzug, der sich etwas verlegen ins Zimmer schob.
„Verzeihen Sie bitte, daß ich Sie störe, Mister Clifton. Ich bin Michel Demont. Hätten Sie als Kollege ein paar Minuten Zeit für mich?“
Perry Clifton sprang mit einem Satz vom Bett und erwiderte amüsiert: „Sieht nach einem Irrtum aus,

Monsieur Demont. Sind Sie sicher, daß Sie sich nicht in der Etage geirrt haben?“
Michel Demont zeigte offene Verwirrung.
„Sind Sie nicht Mister Clifton?“
„Doch der bin ich!“
„Der ... der Detektiv aus London, wenn ich richtig informiert wurde.“
Die Reihe verwirrt zu sein, war diesmal an Perry Clifton. „Doch, stimmt, natürlich bin ich das. Aber kein Mensch in ganz Frankreich konnte wissen, daß ich Detektiv bin ... Keiner kennt mich in diesem Land, und ich habe hier weder Verwandte noch Gläubiger!“
Der Besucher lächelte und verbeugte sich leicht. „Wenn es Sie erleichtert, Mister Clifton, will ich Ihnen gern meine Quelle verraten. Ein gewisser Mister Pickles gab mir den Tip!“
Perry Clifton begann in seinem Gedächtnis zu kramen. „Pickles? ... Pickles ... irgendwo klingelt es in meinem Gedächtnis ...“
Demont kam ihm zur Hilfe: „Mister Pickles ist irgendein hohes Tier bei einer Versicherung in London!“
„Stimmt!“ rief Perry. „Er hat einen Hund namens ‚Lord Nelson‘. Und um diesen Hund ging es auch bei unserer Bekanntschaft ...“
„Sie sehen daran wieder einmal, wie klein die Welt doch ist!“
Clifton nickte und forschte: „Sie fragten vorhin, ob ich ein paar Minuten Zeit für einen Kollegen hätte. Ich entnehme dieser Formulierung, daß Sie ebenfalls Detektiv sind?“
„Ja. Ich bin hier Hausdetektiv, Mister Clifton. Und

ich schwöre keinen Meineid, wenn ich behaupte, daß dieser Job mehr Schatten- als Sonnenseiten hat!"
Michel Demont nickte dazu grimmig, während Perry Clifton lächelnd fragte: „Schattenseiten, wie das? Riviera, blauer Himmel, weißer Sand, noch blaueres Meer, Luxushotels und so viele nette, reiche Leute. Ist das nichts?"
„O ja, besonders die netten Reichen haben es in sich!" Demont unterstrich diese Meinung mit einer entsprechenden Miene.
„Okay, Mister Demont, was kann ich für Sie tun?" Michel überlegte nicht lange. Er sagte: „Ich wollte Sie bitten, mir zu helfen!"
Perry Clifton glaubte sich verhört zu haben: „Ich Ihnen helfen? Wie sollte ich Ihnen helfen können?"
„Wissen Sie schon, was heute nacht geschehen ist?"
Perry nickte. „Ich hörte von irgendwelchen Diebstählen und sah auch, daß die Halle voller Polizisten war, als ich vorhin zurückkam."
„Ja", stimmte Demont zu. „Sie sind die reinste Landplage, die guten Polizisten ... Ein Fassadenkletterer hat die warme Nacht und die offenen Türen und Fenster dazu benutzt, um einigen Zimmern und Appartements Besuche abzustatten. Mit großem Erfolg, wie sich inzwischen herausgestellt hat! Seit 10 Uhr ist die Polizei im Haus und verhört munter drauflos. Sie werden auch noch an die Reihe kommen ..."
Michel Demont ging langsam zum Fenster und sah hinaus. Als er sich wieder Clifton zuwandte, schwang in seiner Stimme ein trotziger Unterton mit:
„Ich gebe zu, daß Inspektor Mellier nicht viel von

meinen kriminalistischen Qualitäten hält. Ich mache auch keinen Hehl daraus, daß ich ihm schon deshalb keinerlei Zuneigung entgegenbringe ... Nun, wie dem auch sei, ich möchte ihm gern beweisen, daß ich diesmal der Klügere und Schnellere bin ..."

Perry Clifton hatte aufmerksam zugehört, und fast schien es, als habe er Feuer gefangen. Er nickte Michel Demont aufmunternd zu:

„Okay, Monsieur Demont. So weit so gut. Nur, wie stellen Sie sich meine Mitarbeit vor? Gibt es denn in diesem Fall schon irgendwelche Fakten?"

Der Hoteldetektiv strahlte, ergriff Cliftons Hand und schüttelte sie überschwenglich. Dazu rief er:

„Ich wußte es doch, daß Sie mich nicht im Stich lassen ... Natürlich gibt es Fakten. Und zwar eine ganze Menge. Solche, von denen Mellier weiß, und solche, die nur ich weiß!"

„Beginnen wir mit den ersteren!" empfahl Perry Clifton:

„Die bisherigen Untersuchungen haben eindeutig ergeben, daß der Dieb zwischen 2 und 3 Uhr heute nacht aus dem zur Zeit unbewohnten Personalzimmer 613 im 6. Stock eine Strickleiter herabgelassen hat. Wir haben sie im Schrank gefunden. Diese Strickleiter reicht genau bis zum 4. Stock. Wie Sie wissen, ist das die einzige Etage mit Balkons.

Der Einsteiger mußte so zwangsläufig auf dem Balkon des Appartements 413 landen. Es gehört Signor Ettore Sartoni, einem Schmuckgroßhändler aus Florenz. Er ist seit heute nacht um Schmuck und Bargeld in Höhe von 70 000 Francs ärmer.

Anschließend beehrte der Dieb das benachbarte Appartement der Frau Treicher. Einer sehr begüterten Dame aus der Schweiz . . . Ich glaube, sie besitzt selbst ein oder zwei Hotels. Auch sie ist einiges losgeworden. Im 5. Stock mußte wohl zuerst Miß Tucker dran glauben. Angeblich erbeutete der Dieb bei ihr eine Schmuckschatulle, deren Inhalt mit 120 000 Francs angegeben wurde. Der nächste war Serge Balinoff, ein alter bulgarischer General, der soeben dabei ist, ein fürstliches Honorar für seine Memoiren durchzubringen. Seiner Aussage nach, ist er es los. Einschließlich der Bescheinigung, daß er davon bereits die Steuern an den französischen Fiskus bezahlt hat ... Ja, und dann das Ehepaar Aurillac aus Paris. Der Dieb nahm ihren Schmuck und seine Brieftasche ..."

„Der reinste Nimmersatt!" warf Perry Clifton ein.

„Das kann man wohl sagen. Der letzte in der Reihe der Opfer ist Mister Sten Simpson. Er hat das Appartement unter dem der Frau Treicher. Mister Simpson meldet den Verlust von rund 20 000 Dollar und einer brillantbesetzten Zigarettendose!"

Perry Clifton schüttelte ein ums andere Mal den Kopf: „Man muß nur immer wieder staunen, was die reichen Leute so mit sich herumschleppen. Eine Frage, Monsieur Demont. Da doch nur der 4. Stock Balkons hat, wie konnte er dann im 5. Stock so ungeniert aus und ein gehen?"

„Unter den Zimmerfenstern des 5. Stocks läuft ein ziemlich breiter Sims ums Haus. Für einen geübten Klettermaxe nicht das geringste Problem ..."

Perry Cilfton faßte zusammen: „Dann gibt es also

insgesamt sechs Geschädigte. Davon allein drei im fünften Stock!"

„Ja. Sie können sich vorstellen, in welcher Stimmung die Direktion des Hauses ist. Dazu kommt, daß die Polizei mit der Diskretion einer explodierenden Handgranate herumläuft und – leider noch immer total im Dunkeln tappt, was die eventuellen Täter anbetrifft. Keiner der bekannten Fassadenartisten befindet sich zur Zeit auf freiem Fuß. Es gibt weder Fingerabdrücke noch eine verlorene Visitenkarte. Der Täter kann ebenso einer der Hausgäste, wie auch ein Außenstehender sein!"

Perry Cliftons Zeigefinger bohrte sich in Demonts Brust.

„Soweit also die Fakten, über die auch Ihr Inspektor Mellier informiert ist. Was wissen Sie darüber hinaus? Wie sieht Ihre Trumpfkarte aus . . .?"

Michel Demont schüttelte die plötzliche Verlegenheit ab und erwiderte eifrig:

„Ich weiß auch nicht, ob der Täter im Hotel wohnt oder nicht. Aber ich vermute, daß er hier im Haus einen Helfer hatte!"

„Hat diese Vermutung auch schon einen Namen, Monsieur Demont, oder ist sie nur Vermutung?"

„Meine Vermutung heißt Pierre Bassu! Er ist einer unserer Hilfsköche. Wie ein Teil des Personals wohnt auch er im 6. Stock . . . ich übrigens ebenfalls . . . Gestern sah ich Bassu zufällig aus dem Zimmer 613 kommen. Er bemerkte mich nicht . . . Ich frage Sie, Mister Clifton,

was hatte Bassu in diesem unbewohnten Raum zu suchen?"
Perry Clifton nickte: „Das ist das Zimmer, in dem die Strickleiter gefunden wurde ... Ja, Sie haben recht, das ist schon eigenartig!"
„Bassu könnte die Strickleiter dort deponiert haben ... für einen Komplicen ... Bassu arbeitet erst seit dieser Saison in ‚Europa' ..."
„Das allein wäre noch kein Grund ihn zu verdächtigen", gab Perry Clifton zu bedenken.
Doch Demont machte eine Handbewegung und fuhr fort: „Laut seinen Papieren war er früher im Hotel ‚Tunese' in Paris beschäftigt ... Ich habe vorhin versucht mit dem Hotel ‚Tunese' Verbindung aufzunehmen ..."
Clifton beugte sich vor: „Und? Mit welchem Ergebnis?"
„Mit einem sehr guten, Mister Clifton. Das Hotel ‚Tunese' existiert nicht. Hat nie existiert!"
„Na also ... Da haben Sie doch Ihren Erfolg, Demont. Was wollen Sie mehr. Hetzen Sie diesen Inspektor Mellier auf Bassu!"
Der Hoteldetektiv schüttelte energisch den Kopf.
„Ich will keinen halben Erfolg ... Und es wäre ein halber Erfolg, würde man nur einen Helfershelfer erwischen. Bassu selbst kann es nämlich nicht gewesen sein. Er war von gestern abend bis heute vormittag an das ‚Royal' in Cannes ausgeliehen ... Ehrlich gesagt, an dieser Stelle hatte ich mit Ihrer freundlichen Unterstützung gerechnet, Mister Clifton. Ich wollte Sie bitten, sich Bassu einmal vorzuknöpfen. Mich kennt er. Die

Gefahr, die von mir ausgeht, ist für ihn eine einkalkulierte ..."

Perry Clifton konnte sich ein Grinsen nicht verkneifen: „Mit anderen Worten, ich soll Bassu einen Gangster vorspielen ... Haben Sie auch an die Möglichkeit gedacht, daß dabei etwas schiefgeht?"

„Ich denke mir das so: Ist er in die Sache verwickelt, könnte man ihn eventuell zum Reden bringen. Ist er unschuldig, wird er lautstark um Hilfe rufen ..."

„... und mich in eine wenig beneidenswerte Situation bringen!" fiel Clifton ein.

Doch Demont hatte auch dafür ein Gegenargument bereit: „Ich werde in der Nähe sein!"

„Na gut! Wann soll die Vorstellung stattfinden?"

Demont überlegte kurz, dann schlug er vor: „Bassu hat zwischen 18 und 20 Uhr dienstfrei. In der Regel verbringt er diese Zeit in seinem Zimmer ... Ich würde vorschlagen, daß wir uns innerhalb dieser beiden Stunden einen Termin suchen ..."

Die Vorstellung begann Punkt 19 Uhr.

Perry Clifton klopfte unüberhörbar an die Tür 642 und wartete. Er trug Hut und Sonnenbrille und kaute dazu lässig auf einem Streichholz herum.

„Herein!" ertönte eine verschlafene Stimme von jenseits der Tür.

Perry Clifton schloß sie leise hinter sich und lehnte sich dagegen.

„'n Abend, Pierre!" brummte er und besah Pierre Bassu mit strafenden Blicken.

Dieser, ein hagerer Mann von vierzig Jahren, erhob sich von seinem Bett und blickte seinen Besucher zuerst nur müde, dann verdutzt und schließlich wütend an.
„Wer sind Sie?“ rief er mit einer heiseren Stimme.
Perry spuckte das Streichholz auf den Boden, schob den Hut mit dem Finger um zwei Zentimeter nach oben und erwiderte lässig:
„Kennst du mich nicht mehr, Pierre? Ich bin der Tommy aus London ... du hörst es sicher an meiner Aussprache ... Na, fällt endlich eine Klappe in deinem Klappenschrank?“
Noch bevor Bassu etwas erwidern konnte, fuhr Clifton fort: „Du hast mir die Tour vermasselt, Pierre ... Die Tour ... Das Ding mit der Strickleiter wollte eigentlich ich drehen! Warum denkst du wohl, wohne ich hier in diesem stinkfeinen Kasten, he?“
Clifton hatte seiner Stimme einen gefährlichen Klang gegeben oder das, was er dafür hielt und starrte Bassu durch seine Sonnenbrille durchdringend an.
Pierre Bassu schluckte erregt und suchte nach Worten. Was er herausbrachte, war ziemlich wenig:
„Ha ... ha ... habe ich es mir doch gleich gedacht. Sie verwechseln mich, Monsieur ...“
„Ach, ich verwechsle dich ...“
„Ganz recht, Monsieur. Ich habe mit diesem Diebstahl nicht das geringste zu tun ...“
„Ach wie niedlich. Der kleine Pierre Bassu hat mit den Diebstählen gar nichts zu tun. Das ist ja fast eine lustige Geschichte ...“
Bassu schluckte wiederum erregt, und seine Stimme war noch um eine Nuance heiserer geworden:

„Ich war gar nicht im Haus, als es passierte ..."
Perry trat einen Schritt auf Bassu zu, der sofort durch einen Schritt rückwärts wieder den alten Abstand herstellte und dabei sehnsüchtig nach der Tür schielte.
Clifton, dem dieser Blick nicht entgangen war, bemerkte mit einem ironischen Lächeln: „Da draußen ist es furchtbar, Pierre. Da wartet die Polizei auf dich ... Sag mal ..."
Bassu ließ ihn nicht aussprechen. „Ich habe die Polizei nicht zu fürchten, Monsieur ..." rief er wenig überzeugend.
„Was, sollte ich mich denn wirklich irren?"
„Sie irren sich. Ich habe es Ihnen doch gleich gesagt!"
Bassu schöpfte neue Hoffnung.
„Jetzt bin ich aber doch perplex, Pierre. Stell' dir vor, um ein Haar hätte ich dich mit einem anderen verwechselt. Einen Koch, den ich aus Paris kannte. Er sieht dir zum Verwechseln ähnlich ..."
„D ... d ... das k ... k ... kann schon mal vor ... vor ... vorkommen!" stotterte Pierre Bassu und maß in Gedanken die Schritte zur Tür. Doch Clifton gönnte ihm keine Erholung.
„Ich habe dich doch tatsächlich für einen Koch gehalten, den ich im Hotel ‚Tunese' in Paris kennengelernt habe ... So was ..."
Aus Bassus Wangen war alles Blut gewichen. Blaß und maßlos erschreckt setzte er sich mit einem Plumpser wieder auf sein Bett, während Perry Clifton fortfuhr: „Warum arbeitest du eigentlich nicht mehr in Paris? Das Hotel ‚Tunese' war doch ein feines Etablissement!"

„Woher wissen Sie das alles?“ lispelte Bassu leise, und Perry Clifton verspürte so etwas wie Mitleid.

Und er beschloß die Prozedur abzukürzen: „Ich will dir eine Chance geben, Bassu. Du sagst mir, wer der Klettermaxe war, und ich verspreche, daß die Polizei die Quelle nicht erfährt. Also – raus mit der Sprache!!“

Pierre Bassu war auf seinem Lager zusammengesunken und starrte resigniert vor sich hin. Ebenso war seine Stimme, als er sprach: „Sie sind also kein Ganove ... Sie sind von der Polizei ... Ich wußte, daß es nicht gutgehen würde. Aber Jean Bardin hatte mich in der Hand ...“

„In der Hand? Erpreßte er Sie?“

Bassu nickte. „Ja. Nachdem ich eine Gefängnisstrafe wegen eines Verkehrsdeliktes abgesessen hatte, konnte ich nirgendwo mehr eine Stellung finden. Niemand wollte einen Koch einstellen, der schon mal im Gefängnis gesessen hatte ... Bardin war es, der mir dann neue Papiere besorgte ... Ich sollte bald erfahren warum ... Ganz plötzlich tauchte er hier in Antibes auf. Er hat mir gedroht, wenn ich ihm hier im Haus nicht die Weichen stellen würde, ließe er der Direktion einen diskreten Hinweis über meine Vergangenheit zugehen ... Was sollte ich tun, Monsieur?“

Perry Clifton hatte Bassu mit steigendem Interesse zugehört. Jetzt schob er die Sonnenbrille in die Tasche und nahm den Hut vom Kopf.

„Ich will versuchen Ihnen zu helfen. Der Dieb heißt also Jean Bardin. Und wo finden wir ihn?“

„Er wohnt im Hotel ‚Savoyen‘ in der Rue Foche.“

Clifton hatte schon die Klinke in der Hand: „Danke, Monsieur. Tun Sie vorläufig so, als sei nichts gewesen ..."

Als Michel Demont ins Zimmer trat, balancierte er in seinen Händen zwei Sektkelche und eine Flasche Champagner.

Clifton winkte ihm fröhlich entgegen: „Aus Ihren festlichen Vorbereitungen entnehme ich, daß der Fisch ins Netz gegangen ist."

„Ist er, Mister Clifton, ist er. Vor genau fünfzehn Minuten. Können Sie sich vorstellen, wie groß das Loch ist, das mir Inspektor Mellier in den Bauch gefragt hat? Ich habe nur still und wissend vor mich hingelächelt und etwas von ‚Verbindungsleuten' genuschelt. Übrigens hatten Sie recht mit Ihrer Vermutung, daß Bardin sofort versuchen würde Pierre Bassu mit hineinzuziehen ..."

„Und?"

„Alles in Ordnung. Sie brauchen Ihr Gewissen nicht unnötig zu belasten. Inspektor Mellier hat ihn verhört ... Aber er kommt mit einem blauen Auge davon. Und die Direktion hat ebenfalls nichts gegen seine Dienste einzuwenden."

„Das freut mich ehrlich. Wie steht es mit dem Diebesgut? Hat man es vollzählig sichergestellt?"

Demont zuckte mit den Schultern: „Ich nehme es an ... Jedenfalls lag es im doppelten Boden eines Koffers, den man bei Bardin fand ... Was macht Ihnen dabei eigentlich solchen Spaß?"

„Ich stelle mir gerade das Gesicht eines der Opfer vor, wenn es erfährt, daß man den Dieb einschließlich seiner Beute gefaßt hat."
Demont blickte reichlich ratlos drein, als er sich erkundigte:
„Ich verstehe kein Wort. Was sollte das für ein Gesicht sein, Mister Clifton?"
„Ein erschrockenes ... ein sehr erschrockenes."
„Ich verstehe immer noch nicht ..."
„Dann will ich es Ihnen erklären: Das Opfer wird erschrocken sein, weil es in Wirklichkeit gar kein Opfer ist!"
„Sie meinen ...?" Michel Demont schien um Fassung zu ringen ...
„Das kann doch nicht sein ..."
„Doch, Mister Demond ... Sie haben wieder mal recht gehabt: besonders die netten, freundlichen Reichen ... Aber trösten Sie sich. Versicherungsschwindel gibt es auch bei weniger reichen Leuten ..."
Demont schüttelte fassungslos den Kopf: „Und wer ist es ... und vor allen Dingen, wie sind Sie dahintergekommen?"
„Bei Ihrer Schilderung von den angeblichen Opfern. Ich bin sicher, daß Sie das selbst herausfinden. Es ist gar nicht so schwer ... man muß nur den Weg des Klettermaxe verfolgen ... Prost, Monsieur Demont!"

Welcher der Gäste gab zu Unrecht an, bestohlen worden zu sein?

Lösungen

nr. 1: *Das verräterische Tagebuch*

Der sogenannte folgenschwere Irrtum in dem konstruierten Tagebuch hängt mit den Daten zusammen:

Wenn der 31. Dezember ein Mittwoch ist, führt kein Weg daran vorbei, daß es sich bei dem 4. Januar um einen Sonntag handelt.

Und am Sonntag haben bekanntlich alle Geschäfte geschlossen.

nr. 2. *Ein ehrlicher Finder*

Der bewußte zweite Fehler war die Tatsache, daß Whisky ‚kurz nach drei' gar nicht ‚direkt auf ein Auto zu' gelaufen sein konnte, weil er sich zu diesem Zeitpunkt zusammen mit seinem Frauchen im Taxi befand.

nr. 3: *Der Mann mit der goldnen Nase*

Kein anderer als der Meister höchstpersönlich war der Dieb. Inspektor Roller hatte nur die gestohlene Kassette mit Geld erwähnt. Herr Moser dagegen fragte ‚ob Geld und Schmuck' vollzählig vorhanden seien.

nr. 4: *Die Gedächtnisprobe*

Mister Crack sen. hatte sich für seine ‚Gedächtnisprobe' einen ausgesprochenen ‚Trick' ausgedacht. Ein Trick, auf den dann auch prompt Mister McCoy hereinfiel.

Im Test-Text hieß es: „... zu einer grauen Sandale trug er ...“

Nach dem Text besuchte Mister Nicholson die Wohltätigkeitsveranstaltung also mit nur *einer* Sandale. Leider entging Mister McCoy diese Ungewöhnlichkeit. Er schrieb: „... zu grauen Sandalen trug er ...“

nr. 5: *Lauter Irrtümer*

Und zwar handelt es sich um 4 Irrtümer.

1. 31. Juni	Der Juni hat nur 30 Tage.
2. Elbe	Berlin liegt – Ehrenwort – bestimmt nicht an der Elbe!
3. Zeit	22 Uhr plus drei Stunden ergibt 1 Uhr und nicht Mitternacht.
4. Geld	Fünfmarkstücke werden geprägt und nicht gedruckt.

nr. 6: *Zwischenfall an der Grenze*

Die Rauschgiftschmuggler saßen in dem Wagen mit deutschen Kennzeichen. Nur die Insassen dieses Wagens konnten wissen, daß sich direkt vor ihnen ein französischer Wagen befand.

Und nur er konnte direkt von der Aufregung am Zollgrenzpunkt profitieren.

nr. 7: *Wenn ein Dritter mithört*

Natürlich handelt es sich um ein Kino.

nr. 8: *Das Indiz*

Auch ein ‚gerissener Profi‘ macht Fehler. Der Fehler von Mylord Becker war, daß er seine weißen Handschuhe liegenließ. Und die waren in seinem Fall so gut wie eine Visitenkarte.

nr. 9: *Emilio Farmolis großer Kummer*

Der Zigarettendieb heißt Jacomo. Woher wollte er wissen, daß dem Händler Zigaretten gestohlen worden waren, wenn er nicht selbst der Dieb war.

nr. 10: *Ungebetene Kunden*

Frau Angenbacher irrte sich dreimal, und zwar in folgenden Punkten:

1. A) Erst *stoppte gerade* ein Lieferwagen,
   B) dann sah sie ihn *stehen.*
2. A) Zuerst war es ein *Lieferwagen.*
   B) Dann haben sie die Sachen in den *Kofferraum* geschleppt. (Ein Lieferwagen hat keinen Kofferraum.)
3. A) Erst *schnitten* sie ein Loch in die Schaufensterscheibe,
   B) dann aber *schlugen* sie es hinein.

nr. 11: *Als der Strom ausfiel*

Der Fehler Tischlinskys bestand darin, daß er nicht wußte, daß sich das Fernsehprogramm geändert hatte, und daß statt eines Kriminalfilms eine aktuelle Sportübertragung gesendet wurde.

nr. 12: *Angeber oder Hochstapler?*

Tigerjäger Conter war der Mann, der schwindelte, daß sich die Balken bogen. Wäre er ein klein bißchen klüger gewesen, hätte er wohl gewußt, daß es in Afrika keine Tiger gibt. Pech gehabt, Mister Conter!

nr. 13: *Die Geschichte einer Nachricht, die nie ankam*

Will man wissen, was Hugo Wimmerl seinem Bruder über den geplanten Ausbruch mitteilen möchte, lese man nacheinander jeweils ein Wort von vorn und eines von hinten. So ergibt sich folgender Text:

Den dritten Tag in der kommenden Woche werde ich zwei Stunden vor dem neuen Tag das Gefängnis verlassen.

Im Klartext: MITTWOCH 22 UHR

nr. 14: *Störung in der Leitung*

Bei Herrn Overdieck handelt es sich zweifellos um einen Briefträger. Und was er verloren hatte, war seine – Posttasche!

nr. 15: *Der Verkehrssünder*

Der Name, den Inspektor Kessler auf den Zettel schrieb, lautete: KÖHLER. Nicht dadurch, daß er am lautesten seine Unschuld beteuerte, hatte er sich verdächtig gemacht, sondern weil er wußte, daß es sich um einen demolierten Kotflügel handelte. Und das konnte ja nur der Täter selbst wissen.

nr. 16: *Der Kohlendieb*

Der Täter überstieg die schwarzen Fäden und legte auch noch das Brikettstück wieder an Ort und Stelle.

Selbst wenn einer der anderen Hausbewohner die Fäden bemerkt hätte, so hätte er, ohne zu zögern, das Brikettstückchen mit ein- oder weggeschaufelt. Es konnte also nur derjenige der Dieb sein, der über beide Fallen Bescheid wußte.

Aber das war nur einer: der Hausmeister!

nr. 17: *Das Telefongespräch*

Es flunkerte Herr Kohler.

Wie wollte er Einzelheiten im Schalterraum erkennen können? Schließlich wohnte er im 3. Stockwerk des Hauses, in dem sich auch die Bankfiliale befand. Es ist kaum anzunehmen, daß Herr Kohler um die Ecken gucken kann.

nr. 18: *Das Testament des Doktor Altenberg*

Die alte Katharina hatte Jens Oppeln in seinem gefälschten Testament vergessen. Nie wäre es dem korrekten Professor passiert, seine langjährige Haushälterin nicht zu bedenken.

nr. 19: *Der Tip*

Der selig beschwipste Ede Schmalwitz hatte in seinem Rausch die Häuser verwechselt. Statt in die Nr. 24 kroch er durch das Küchenfenster von Haus Nr. 26.

nr. 20: *Der Mann in Schwarz*

Der Hotelgast, der angab, bestohlen worden zu sein, war Mister Sten Simpson.

Der Dieb konnte gar nicht in seine Räume eindringen, da die Strickleiter nur bis zum 4. Stockwerk reichte. Mister Simpsons Appartement aber befand sich unter dem der Frau Treicher. Und diese wohnte im 4. Stockwerk!

Spannende Bücher von WOLFGANG ECKE in den Ravensburger Taschenbüchern

Spannung von der ersten bis zur letzten Rille bei den beiden Krimis

Der Mann in Schwarz
Zwischenfall in Istanbul

Regie: Benno Schurr   Musik: Max Roth
An der Hohner-Orgel: Kurt Gelück
Eine Wolfgang-Ecke-Produktion

Weitere CLUB DER DETEKTIVE-Langspielplatten sind in Vorbereitung.